无雨烧茶

东君 —— 著

上海文艺出版社

目录

美人姓董,先生姓杨　*1*
为张晚风点灯　*21*
山雨　*47*
门外的青山　*70*
秋鹿家的灯　*99*
犹在夜航船上　*127*
在陶庵　*140*
去佛罗伦萨晒太阳　*158*
赠卫八处士　*180*
我们在守灵室喝下午茶　*195*

美人姓董，先生姓杨

这房子已经旧得不能再旧了。有一堵墙的裂缝能插得进一只手掌，门窗因雨打风吹而变形，瓦片都快酥烂了。风雨再大一些，就能吹堕瓦菲，连泥带土，扑簌簌滚一地。阴雨天里，我总能听得滴水瓦下的一个铅桶发出清脆的叮咚声，似乎在暗自应和着屋内老阿婆的咳嗽。老阿婆姓董，已有九十来岁，每天晨起，我也总能看到她的身影，扫地、浇花、喂猫，一样都不落下。若是天气好，她就坐在道坦里、报春花前晒太阳，花白头发闪烁着银光。她那模样，很像院中那株半枯的槐树，被藤萝缠绕着，几朵花夹在枯枝里，开得有些杂乱，却也有几分生气。

一个月前，我来这里租房子。老阿婆问我，你是不是本地人？我说，不是。她又问我，你会不会说本地话？我说我听得懂，但不会讲。看样子，她跟本地的老一辈人一样，很在乎租客是不是本地人。从前他们去街上买鸡，就问是不是本地鸡，买西瓜就问是不是本地瓜。

老阿婆说，你不会讲本地话，那就不是本地人啰。

我点了点头。

老阿婆徐徐抬起手臂，指着阶前的槐树说，这株本地槐打我出生那年就很老很老了。

你们本地人真有意思，连槐树都叫本地槐。

是啊，本地的物事让人放心。

如果我不是本地人，你就不把房子租我啰？

是这样的。她又指着中堂的一盏灯笼说，外地人租房，是不会敬你本地爷、拜你本家六神的。

既然阿婆您不忘一个"本"字，我就索性讲开了。要租房子的不是我，而是我老伴。我老伴不仅是本地人，还跟您是同一个姓。

啊，她也姓董？

是的。

这一带姓董的只有三房，大房、二房早已迁到外边去，只剩下我们这一房了。我家里拢共十来个兄弟姊妹，现在只剩下我一人了。

我从一份折叠齐整的报纸里取出三张用硫磺纸覆盖的老照片，放在一张桌子上。桌子旧兮兮的，四条腿仿佛是地里生长出来的。桌子上是一个陶钵，陶钵里插着一朵旧纸一般的黄花，被屋内的幽寂所衬，让人感觉有静气。

我说，既然你是董家的人，想必认得这三张照片里面的人吧？

老阿婆戴上老花镜，端详着第一张照片，突然怔住。没错，她指着照片中的女人说，这是我结婚前拍的照片，这一身西式翻领旗袍，是我父亲当年在上海丽古龙旗袍店给我量身定制的。你看，这手包和扇子，是照相馆提供的道具，当年电影里的名媛流行这个。咦，这照片怎么流到你手里？

稍后我会跟您说明来源。我掀开第二张照片上的硫磺纸问，您再指认一下，这位是谁？

照片中的年轻人戴着一顶钢盔，身穿野战服，胸前挂着两个手榴弹包，右手持步枪，腰间挂着一个军用水壶和一把刺刀，脚着一双军靴，腿上是布绑腿。再细看他的五官，棱角分明，眉毛粗浓，谈不上英俊，却给人一种硬朗的感觉。

老阿婆把照片摸了一遍又一遍，念出了三个字：杜，国，正。我问，杜国正是谁？阿婆说，是我二姐的一个高中同学，毕业后就去成都黄埔军校念书，放假期间，他常来我家玩，每回见面都会送我一件礼物。有一年冬天，他来我家跟我道别，说自己要奉调到战区。后来他除了给我寄来这样一张照片，就再也没有消息了。有人说他已在衡阳会战中阵亡,也有人说他还活着,一九四九年跟随大部队从大陈岛撤离去了台湾。

老阿婆说这话时,目光一下子拉远了,叹息一声,随即收回,要看第三张照片。

我掀开了第三张照片上的硫磺纸。很显然,这张照片就在董宅的大门口拍摄,底下写明的时间是民国三十四年九月,也就是抗战胜利那一年的秋天。

她哆哆嗦嗦地伸出手来,指着照片上的人说,这是我父亲,这是我母亲,这是我,那年才十九岁,这是我大哥、二哥、三哥,这是喜(四)弟,还有那个穿背带裤的小男孩是我五弟,那年才十一岁,可怜的人,拍完全家福第二年就夭折了。这是我大姐、二姐、三姐,三姐二十三岁那年就嫁到很远很远的地方去了,我再也没有见到她。坐在前排的孩子,都是谁家的,我大半忘了。啊,这是我大嫂和二嫂,二嫂抱着的小女孩应该是我的侄女,她叫什么名字我都不记得了——

这些小孩,后来都见过面?

他们一个都没回来。

我突然打断说,你二嫂抱着的那个小女孩就是我老伴。

我在这里守了大半辈子,总算是见到董家的后人了。你老伴呢?

她在家。

我们董家的人离散后，就再也没有见过面了，有的去了台湾，有的去了外国，早些年，我还能收到几封信，现在连纸片都没了。想来他们都已经走了。

你也没有二哥一家人的消息？

解放战争那些年，二哥还留在上海，不承想得了痨病去世，二嫂只好回娘家，做起了单边人，后来有没有嫁人我也不晓得。

老阿婆说起往事，眼皮耷拉下来，仿佛在搜索一些残存的记忆，讲到一半，突然打住问，你之前跟我说什么事来着？我说，我想租房子。老阿婆说，都是自家人，还租什么房子，赶紧把你老伴带过来，我倒是要急着见我的小侄女呢。

我从阿婆家里出来后，就知道，这事不能急。

我绕着围墙慢慢走着。围墙是清水砖砌的，高而平直。炮台屋还在，屋顶上长着一株小树；两间披舍跟新起的两层楼连在一起，聚居着几户外姓人家；栈房已改造成临街的店铺；后花园的墙缝间还长着一片干枯的石莲，透过断壁可以看见一圈围栏内豢养着一群鸡鸭，还有一条护院的老土狗，懒洋洋地趴着。绕行至西墙，路面就变得开阔了。一个滑板少年沿着弧线像一只大鸟那样从我身边掠过时,我恍惚了一下。眼前的大马路,原本是一条河流,在我记忆里,它弯弯曲曲地伸展到远处,闪烁着点点白光。那是初秋,没有风,树叶微微晃动,天地间安静得连草木的呼吸都能听得到。我仍然记得河边的一块石头、一棵树、一排老房子、一个拎着裙摆跃过水洼的小女孩。我曾脱掉鞋子,站在有些光滑的石板路上,任由河风吹拂。现在,河道填了,变成马路,拉直了,还标上斑马线,车来车往,跟流水一样。我顺着这条马路一直向南走下去,早年间这里还有一排老字号店铺,现如今街道两边都起了高楼,只剩下一家银器店了。店铺里的一个小学徒正在一下一下地敲打着银器,不时朝外面的大街扫上一眼,好像他敲打的不是银器,而是时间,好像时间可以打成薄薄的一片,存放在某个不为人知的地方,闪烁着亮光。

一周后,我又来到了董宅。

我像本地人那样喊她一声董老太太,她略显迟疑地看着我说,按辈分,你应该叫我姑妈的。董老太太递给我一把钥匙时,手上、衣裳上散发着潮湿的草药气息。我打开一个空房间,忍不住打了一个响亮的喷嚏。我看不到那些躲在暗处的灰尘,但还是能闻到灰尘的气味。我把那个空房间和边上的杂物间清理了一遍,顺便把道坦内外、上间角的垃圾一并扫除。

过了些日，我把老伴接了过来。我对她说，这就是你的老家，你还记得？她没有点头，也没有摇头。我把那张全家福照片放在她鼻子底下，指着台门说，你对照一下，是不是一模一样？她依旧没有点头，也没有摇头。董老太太拄着拐杖，一点点地移过来，站定，打量着我的老伴，把原来跟我说过的话重复了一遍——按辈分，你应该叫我姑妈的。老伴的目光落在自己的一双手上，手捧在心口。董老太太把我拉到一边，低声问，她的脑子是不是出了问题？我说，是的，她得了老年痴呆症，现在什么都不记得了。

不记得了也好，董老太太牵着我老伴的手说，来，在这边坐下。坐定后，她感叹了一声，这世上，只有阳光是干干净净的。然后就微闭着眼睛。

我掇了条小板凳，在她们边上坐了下来。院子里的阳光是流动的，好像只要你伸手招呼一下，它就会来到你手边。风是暖的，慢悠悠地吹过来，也不赶时间。一些新旧交替的枝叶在阳光下闪闪发光。我跟她们说话时放慢了语速。

三月过后，枝头已见新叶。五月，院子里的槐花开了。再过一阵子，那些栀子花、鸡冠花想必也要开了。董老太太喜欢种一些花花草草，这样，手头就有事可做了。有时，我想帮她扫地、浇花或喂猫，她都会很生气地对我说，我现在手脚还能动,你这一帮忙,我就懒了,不想动了,以后就真的动不了了。

平日里,我还是照卖海鲜。腥气摊收了之后,如果还有剩余海鲜,我就带回来,分送给董老太太或邻里。空闲时间,我也会去对门的老许家坐坐。老许喜欢喝酒。配酒菜似乎永远只有一碟,多半是咸菜或花生米什么的。

中秋节前一天,我从水产品批发市场进货时,发现有一只蟛蜞爬进车斗,就用绳子缚住,放进袋子。早上卖完水产,我就把这只蟛蜞带回家。经过老许家门口,拎起袋子,在他眼前晃了一下。他问,是什么?我把蟛蜞掏出来说,送你,配酒的。他眼前一亮说,这蟛蜞背青、腹白、螯壮,是野生的。果然识货,我说,这就送你了。老许说,得,我给你弄好了,分我半只就够了。我问老许,蟛蜞是否野生的,你是怎样一眼看出来的?老许说,我早年在渔场做过贩艚,得了空,就赶在退潮时节,把一个空酒坛子埋在滩涂里,仅露坛口,隔阵子,蟛蜞会自行爬进来,空酒坛子里养了些日子,掏出来,只只壮实。这一天中午,老许把蟛蜞对半切开,加料酒清蒸,一份给我,一份自留。我睡了一通午觉,醒来后就去对门,老许依旧坐在门口,右手拿着一只大螯,左手举着酒杯,吃得极有章法。他说,这是本地野生蟛蜞,凭肉质我能分得出它是县东还是县西的。

又是"本地"二字。说实话，作为外地人，我不喜欢听到这个词。不过，我知道，本地人喜欢本地物事，也是件天经地义的事。

我跟老许坐在一起，看他喝酒，也动了喝酒的念头，但我只能喝一小盅本地的烧酒。我们一边喝酒，一边聊天，有时看着白云默默飘过，感觉时间过得很慢。

老许说，我年轻时什么事都干过，讨海不成在海上当过几回绿壳。绿壳是什么你可晓得？不晓得是吧，我告诉你，就是海盗。你可别用这种眼光看我，我们当绿壳的时候并没觉着自己是绿壳。那年头，大伙儿没得吃，饿疯了，还顾得了什么礼义廉耻。我那老婆就是从一座岛上骗过来的，她跟着我，吃尽了苦头，唉——

你老伴呢？

走了。

我们沉默了一下，不再谈论这个话题。

老许忽然问起我老伴的病情。我说，她现在脑子里全记不得了。老许叹了口气说，有些人不喝酒也犯糊涂，有些人喝再多的酒还是清醒的。可是，清醒，也痛苦。

我们再度沉默。桌子上的一瓶酒快见底了。老许突然问我，你见过董老太太年轻时的样子吗？我摇了摇头。老许说，她年轻时，可是个大美人。起初她跟一个黄埔军校毕业的年轻人谈过恋爱，后来他被派遣到前方打仗，她就在家里等了很多年。四九年以后，她还没出嫁。地富反坏右，成分不好，更不好嫁了，她爹只好物色了一个成分差不多的资本家儿子，草草成婚。对方姓杨，念过大学，却是个浪荡子。说到这里，他突然干笑了一声。

老许没讲，我也无意打听。酒止微醺，话说三分，没什么不好。我的身世也没跟老许说起。活到这岁数，谁没有一肚子苦水？

自打卖掉了城里的房子给儿子治病以后，我跟老伴就一直在外面租房子。这五年间，我们搬过六次家。那些地方，有噪音和灰尘，却也有我喜欢的烟火气。为了生计，我们重操旧业，在菜市场外边摆了个腥气摊，我们被城管驱逐过，也被同行辱骂过。一些伤疤落在脸上，能让年轻人显示狠劲，却让老年人徒添耻辱，可我们还是忍下来了。应对的法子总是有的，我后来索性买了一辆带斗的电动车，每天一大早跑码头进来鲜货，赶在早市卖掉，打了个时间差，也就没人再找我们的麻烦了。年纪大了，苦日子过惯了，也就不觉着有什么苦。再说，儿子好歹保住了一条命，我们也都安心了。有时我想，我们的余生不会太长，只要眼前的饭桌上方有一盏灯，对面坐着一个人，比什么都好。

从去年开始，平常爱唠叨的老伴突然变得寡言少语了。

两个人，在一个屋子里，一直没话可说，有时就用目光说话。后来，我发现她目光里的内容也变少了。做完一天的买卖，我跟她说，我们已经积攒了七万块钱，加上退休金，以后可以一边还债，一边凑合着过日子了。老伴站在那里，嘴里念念有词，好像在算一笔无比复杂的陈年旧账。她发呆的时候，嘴唇像虫子那样蠕动，我不晓得她在咀嚼什么，也许是有一句话到了嘴边又溜走了。老伴犯这病已有好几个月，找医生看，都说没有什么特效药。脑子空空也没什么不好，至少没了牵挂，没了老许所说的"清醒的痛苦"。

医生给我开了这么一剂终身服用的药，董老太太坐在太阳底下说，我从来不吃什么钙片的。

晒太阳几乎成了她最看重的日常活动。她不仅自己晒太阳，也鼓励我们夫妇晒太阳，冬天晒全身，夏天可以挑早晚时间晒背。她说晒太阳能让阳寿变得更长。我上午收摊回来，总能看到老伴和董老太太坐在向阳的地方，阳光照在脸上，安安静静的。跟她们坐在一起，时间就变慢了，出门之后，时间又变快了。我转了一圈回来，老伴和董老太太仍旧坐在那里，好像时间在这儿没动过手脚。我极少听见她们之间的对话。有一回，老伴坐在椅子上睡着了，我没话找话，跟董老太太聊起了杨先生。董老太太突然阴沉着脸问，你听谁说的？这个人，我不认识。见她动了痰气，我赶紧闭嘴，把舌头藏起来。早年间，老伴就跟我说过，天冷的时候就该把手缩到袖管里去，不该说话的时候就该把舌头藏在牙齿后面。整整一个下午，我都没敢找老太太说话，怕她痰气上涌，发起火来。

我又出去转了一圈。回来时，老许叫住了我。我说，我今天说话不小心，提到了那位杨先生，董老太太好像不太高兴。老许说，董美人和杨先生的故事，我可以跟你讲三天三夜，不过，你得给我提一斤白酒、半只蜻蜓来。我想走时，老许又拉住了我的袖子说，跟你开玩笑的。

老许到底忍不住，讲起了董美人和杨先生的故事。

老许说，你没见过他们解放前的穿着，那真叫男才女貌。我八九岁光景，杨先生和董美人都还没结婚，一个穿着纺绸长衫，一个穿着旗袍，都是国服哪。如果我没记错，他们是在解放初期结的婚，在董宅办的婚礼，一个穿中山装，一个穿列宁装，没摆喜酒，但我好歹分到了两颗喜糖。董宅西北角几间屋子还是留给董家，供董老爷坐诊行医。杨先生和董美人结婚后就住这里，可没过多久，他们就分居了。原因呢，我前头也说过了，董美人还念叨着那位初恋情人，姓杜，叫什么名字我也忘了，听说在衡阳战死了，可董美人一直没法接受这个事实。杨先生大概是觉着自己一个活人还比不得一个死人，心里不爽，就搬到学校里住了。杨先生是我的老师，一个人教过语文、数学、英文、历史。有时下乡，给一些农村的副业队讲授农作物学、蚕桑学。他有一台短波四灯收音机，偶尔会在课后放给我们听。杨先生毕竟是少爷出身，平常会借下乡的机会偷点荤。有时候，也会有妇人主动找上门来。你也许会纳闷，我那时跟狗虱般大怎么就晓得大人的那些破事，可我在这方面打小就是比同龄孩子早熟。有一天，我送作业本去杨先生的宿舍，透过一扇小窗的缝隙看到他躺在躺椅上，跷着二郎腿听收音机，我正想敲门，有个妇人从布帘后面出来，猫也似的爬到他身上，她一定是被他胳肢得发痒了，嘴里发出咯咯笑声。杨先生立马捂住了她的嘴，但杨先生的嘴里随即也发出了哼唧哼唧的声音。我想这当儿他不至于还要吟诗吧。那时候我还小，不明白大人间的一些事体。

讲到杨先生偷情的具体细节时，老许的嘴里突然蹦出一个民间小调：里拉里格郎。很多事，他不好意思讲下去，就来个"里拉里格郎"。

老许说，杨先生也没快活几年，就被上面请去谈话，上面是谁，谈什么，我也不晓得，他时常拎着一个帆布包，早出晚归，这样过了十天半月的光景，他就没再回来了。有人说他被送到北大荒劳改了，有人说他就蹲在邻县的一所监狱里。十年后的某个午后，我看见有个佝着背的老头站在门口，有气无力地敲着门。我问他，你找谁？他转过头来，吓了我一跳。我的娘哎，他竟然就是杨先生。杨先生是个"有政治思想问题的人"，没人愿意跟他来往。他常常一个人坐在道坦里，用石子摆棋谱。我递给他一支烟，他接了，用拇指和食指夹着，一小口一小口地吞着，另一只手罩着烟雾，仿佛偷吃了什么，怕被人发现。我把烟夹在食指与中指之间，告诉他，这样吃才见气势。可他吃第二支烟时，仍旧用一只手罩着另一只手，就是改不掉那个手势。有一回，我问杨先生那些年都吃了哪些苦。他只说了一句，活着回来就好。

人哪，我说，活了一大把年纪，却也讨了一大把苦头。

老许说，杨先生是个乐观派。那个年头，像他这样的人如果不够乐观，还怎么成活？他很能吃，自称两脚饭桶。有人给他盛了一碗冒尖的饭，他还嫌不够，要用饭勺压个严实，然后再加一勺，再压。我见过许多饿死的人，但只见过一个饱死的人。杨先生就是吃饱了撑死的。

今天下午没有酒，真是可惜，改天我提肉打酒给你补上。

酒要烈的，肉要肥的，我可不怕撑死。

阳光已经偏斜，余温还在。我回来时，老伴依旧坐在椅子上，身上盖了一件薄毛毯。董老太太站起来说，我已经守了一个下午，也该去烧饭了。我想上前扶她，她伸手推开了，朝我老伴努努嘴说，她跟我不一样，身子不动，嘴巴不动，脑子也不动。你得陪她多说话，让她多走动。我擦掉老伴嘴角流淌的口水时，她突然睁开眼，打了个激灵，站起来，双手在空气里摸索着什么。

董老太太说，这种情状我是见过的。看样子，她已经在寻找来世的路了。

端午过了，半年就过去了；中秋过了，天气一凉再凉，这一年也就快到尽头了。

董老太太的身体一日不如一日。她说，这辈子没做过体检，也没量过血压。她身上有几种慢性疾病，所幸手里还有几种可以应付的民间偏方。近来，她常常说自己身上的元气少了。动一动，元气就少了；不动，元气也是慢慢地变少了。

有一天傍晚，她把我叫过去说，你把椅子端到道坦里，我想再晒一会儿太阳。

她坐定后，我沏了一壶菊花茶，放在她身边的一块石箱上。她的坐姿让我想起早年做代课老师时在语文课本上见到的一个词：端坐。一个人老到不能再老的程度，坐姿里就透出佛相来。晒太阳，对她来说好像是一件很有仪式感的事。她说，这世上，只有阳光是干干净净的。

她的眼睛里有一层眼翳，阳光一照，就射出一道灰淡的光。

告诉你一件事，她看着我说，我这两天内可能要走了。

你要去哪里？

你说呢？

我忽然明白，她说"要走了"的意思。

有一句话，我只对你说，不许你跟任何人说，能答应我吗？

什么话你尽管说。

你的老伴，她，不是我的亲侄女。

我沉默了许久说，对不起，我之前没跟你说实话。

你不说，我也能猜想得到了。可我已经把你们当作了自家人。人是讲缘分的，我第一回见到你，就感觉面熟，好像我们以前真的见过。

没错，我们以前见过的。

这话又怎么说？

我九岁那年来过这里，是我爹带我来的。我们住了一晚，第二天中午，我们就在司机指点的南门桥上车。刚坐上车，我爹就拍了拍脑袋，说竟忘了带上你爹赠送的一套县志。

没料到的是，就在车子发动的时候，你骑着自行车，朝我们使劲地挥动着手。原来，是董老先生让你送来了那一套书。你还记得吗？那时你梳着两条长长的辫子，穿着一条当时很流行的布拉吉连衣裙。那天中午的阳光很明亮，全车的人都隔着玻璃看你。那一刻，我就觉得，你是世上最美的女人了。

好像有这么一回事。

我那时还小，但我一直记得。

我正要问起，那三张照片是从哪里来的？

偷的。那天，你骑车朝我们过来的时候，我坐在车上，捂紧了口袋里的三张照片，感觉手心都快渗出冷汗了，后来才晓得是虚惊一场。我那时只是觉着这三张照片很美，并没有把偷东西看作是一件可耻的事。

唔，你是从哪里找到的？

那晚，董老先生——啊，我现在还记着董先生的样子，他比我想象中要苍老一些，留着山羊胡，嗓音低沉，看上去像个抱病的人——他跟我爹在书房里聊天的时候，我就在楼上随意走动，对，就在骑楼中间那一个房间，我翻到了一本书，里面掉出了三张照片。

三张照片幸好被你拿走，否则在那个年头，也免不了要跟字画一起烧掉。你怎么会想到来我们这边？

我们租住的那个小区要拆迁，老伴生病，我们一时间没处可去。前阵子，我整理家中的物什，无意间看到照片里这栋老房子，就想，如果老房子还在，也许能认个亲借住一阵子。我只想让老伴安安稳稳地过完最后的日子。这下子，我把真相都说了，你还会赶我们走吗？

怎么会，你们不嫌憎就一直住下去吧。原先我还担心，我这一走，老房子迟早要被拆掉。现在好了，我放心了，有你们在，董家的房子也许还能存留几年。那些器物家什你若是觉着受用就留着，不想要就扔掉。可房子不能扔，一块砖头都不能扔。

放心吧，我会帮您守好这扇门。

董老太太点了点头，做了一个摸索什么的动作。我笑了。她也笑了。

董老太太临走之前，给自己梳好了头，换了一身新衣裳，连布鞋也穿好了。她说，树叶落了一地，可我没元气扫地了。我说，你躺在家里面，怎么晓得树叶落了一地？她说，昨晚刮了一夜的风。

有一件事，因为太细碎，我不曾跟别人说起，包括老许。

六十多年前的一个午后，我跟随父亲坐长途车经过这座老县城时，汽车半途抛锚。我们静坐着，等司机把车修好。

时间过得很慢。眼见得日头西沉，橘红色的霞光返照蒙尘的车窗。父亲望着满天红霞，忽然说了一句，黄昏红霞，无雨烧茶……明天还是个大晴天哪。我正待问他这话是什么意思时，司机带着满脸油污和歉意上了车，对乘客说，这车要拖到城里面去修，今晚就安排大家在这里的车站旅馆住一宿。乘客都纷纷下来，不停地抱怨着。父亲对我说，他有一位忘年交，曾在杭州一个土地测量部门共事过，退休后就回到这座城里居住，这番顺便去拜访一下，也许还可以借宿一晚。我们提着行李向城里走去，过了一座桥，天就黑下来了，这座老县城湮没在黑暗中。在我的感觉里，它跟一千年前的城郭一样遥远。远远地望去，一片老房子的灯光稀疏而温暖。我们在月下走着。灯光由零星数点变成虚淡的一片。父亲说，一千六百多年前，有人为避战乱，从中原逃到这里居住。后来，这里也发生了战乱，一场大火把所有的房屋烧成一堆灰烬，跟泥土混同，变成了农田。不知过了多少年，有个读书人又在这里挖泥土，建房屋，偶尔拾到土里面埋藏的瓦片或陶罐残片，也只是感叹一声，扔到一边。这件事，就写在他的一首诗里。这个写诗的人就是父亲那位忘年交的祖上。父亲说，一千六百年间，这里的房子建了又毁，毁了又建。人哪，就是这样过来的。

黄昏红霞，无雨烧茶……

我那时还不晓得父亲讲的这句话就是本地谚语,也不晓得它的意思,但我感觉这些个词儿念来着实好听。

再过半年,老伴也走了。她走得很安详,脸上还带着微笑。我独自一人守着这座老房子。房子会一天天旧下去,我也会一天天老掉。

老许还是像从前那样喜欢喝酒,午后,多饮本地烧酒或米醽琼。邻里喝酒,他也能闻到酒香。如果有人招饮,他还是会故意装出一副慢条斯理的样子,然后,就倚在窗前,隔窗问,我能用自己的一个故事换你手中的一杯酒吗?对方自然说好。于是,他就真的讲了一个故事。老许讲的都是过去的事。

为张晚风点灯

起初,我们并排走着。阳光从侧面照过来,她脸上的汗毛和雀斑清晰可见。我跟她说,我们生活了这么多年,好像是头一回并排走呢。我把篮子换到一边,想腾出左手指牵她的右手,她好像突然意识到了什么,故意放缓了脚步。就这样,我们又像从前一样,我拎着篮子走在前面,她在后面。我们走到人群密集的地方,就走散了。我一个人照旧买了萝卜、茄子、蚕豆、猪腰子等物什。我提着有点沉重的篮子,步子也变得沉重起来,身边少了个人,究竟有些不习惯。我踅回菜场,扒开人群,找了个遍,还是没见着她的身影。天黑之后,也没见她回家。深夜,我跑到派出所报了警。警察说,一个大活人在闹市里不会凭空失踪的,也许是拐到哪条巷弄里跟人闲聊去了。第二天一大早,我寻遍了闹市和巷弄,还是不见她的踪影。有人听说她是跟我在大街上走着走着就走失了，都摇起了头。他们说我真是糊涂虫。

我不甘心，又去更远的地方找她，依旧没见影踪。回到家，环顾四周，一切如常：里外收拾干净，碗碟归置得当，连我的鞋子都朝一个方向整整齐齐放着。我感觉哪里不太劲，但又说不出来。我戴上墨镜，坐在阳台的竹椅上，朝东望西，心神拢不到一块。小巷尽头是一座山，山后是一团云，云上的天空蓝得有些幽深。这已是黄昏时分。整条巷子都回响着妇人催喊"吃黄昏吃黄昏"的声音，饭香也随之一点点弥漫开来。没有人喊我吃饭。我坐在阳台上，吃着空心烟。烟不管饱，但我也没觉着饿。

对面阳台的晒衣绳上有一件白衬衫在飘动。我忽然明白不对劲的地方在哪儿了。

天黑之后，两名警察从巷子那头过来，在路灯下向人问路，有人朝我这边指了指。我晓得，他们想再了解一点什么。警察还没开口，邻里已围了过去。我赶紧下楼，把他们拉到了自家屋子。一名警察指着我的墨镜问，你眼睛没问题吧？我说，视力正常。他又接着问，你平常都戴墨镜？我说，你是不是觉着我戴上墨镜看起来不像个好人？不，不，警察解释说，你戴着墨镜跟我说话，我总感觉隔着一层什么。我说，街坊邻居都晓得，我是个唱鼓词的，平日里戴惯了墨镜的。另一名警察掏出纸笔说，习惯了就好，你想戴着就戴着。这阵子，镇上没有人提供有效信息，我们就只能从你这儿再寻点线索。我的目光落在整整齐齐摆放的鞋子上，盯了许久说，我的确发现了一条线索。警察问，什么线索？我指着鞋子说，这些鞋子里面居然没有她的鞋子。她的鞋子跟她一道失踪了。还有就是衣柜，我里里外外翻了个遍，就是没找着她的衣物。你们说这是不是见鬼了？警察随同我进了卧室，把衣柜打开验证了一遍，然后回到镬灶间，坐下来跟我继续聊天。我掏出烟问，你们吃烟？两名警察都摇了摇头，我独自点燃了一支烟。

你是什么时候跟你老婆认识的？

这就说来话长了。

十六岁那年，我辍学在家，干体力活嫌身子板太单薄，干手艺活嫌手不够利索，只有一张嘴，除了吃饭，还能讲闲谈，唱小曲，逗人一乐。但我那位干圆木活儿的老爹说，虫儿也会讲闲谈，雀儿也会唱小曲，算不得什么本领。我想我得学会一样本领，不然窝在家里又会被爹数落一番，说我是个没主家先什么的。

这一天，村中来了一位唱词先生，穿对襟衣裳，着皮鞋，戴一顶呢子学士帽，帽檐下是一副墨镜，墨镜下是一张虚白的圆脸，下巴蓄着一撮山羊胡。他一路走来，举止跟说话一样不紧不慢，可他往高台子上一坐，精气神就来了。挂在檐下的，是全村最亮的一盏灯，那是汽灯，打了气之后，里面的纱罩就发出耀眼的白光，当头照着。唱词先生调好了琴，左手执拍，右手执一根小竹签，唱几句，便敲几下边上的一鼓一梆。他唱完词头，才开始唱正文《隋唐演义》。他一个人，可以扮演各色人物。一张嘴，一挥手，就能搬来人马，好不威风。故事讲到动情处，他把扁鼓一敲，突然打住，说是要等明晚接着唱。我离开祠堂后，意犹未尽，坐在板凳上洗脚时还惦念着秦叔宝胯下的那匹黄骠马。

第二天我起了个大早，从我爹的木器坊里借了一块长方形的松木板，抽了几根弹棉花的弓弦，截成十二根，做成了一张简易牛筋琴，随后又从箸筒里挑了一根竹箸，煞有介事地敲了起来。

我不会调弦，声音听起来总是闷闷的，再调，再敲，忽然听到身后传来一个声音：弓弦太松，声音就不够浪。我回头看，原来就是那位唱鼓词的先生，戴着墨镜，但没戴那种呢子学士帽，前额银光烁亮。听邻里说，他昨晚就落宿在后院一户人家。

你喜欢唱鼓词？

我点了点头。

识字？

我又点了点头。

唱两声给我听听。

我拿腔拿调地唱了几句。

不错,他赞道,有一副好嗓音便是嗓子眼里开出一朵花。

有人围过来,我把牛筋琴收了起来。

唱词先生说,我叫柳逢春,这一带的人都唤我柳先生,有纸笔吗?我进屋取了纸笔,递给他。他在纸上写下了自己的住址,还画了路线图,交给我说,你若想学唱鼓词,可以来找我。

半年后,我积攒了一笔钱,就鼓起勇气,坐航船去邻县的柳庄寻访柳先生。柳庄离我家少说也有百里,半程水路,半程陆路,陆路也不尽是平直的,中间得翻越两座大山、几条陂陀路,这一口气走下来,日头已经西斜。从路人口中我得知,柳庄就在落日那个方向,抬头可见。沿途有位茶叶贩子听我是要拜柳逢春先生学唱鼓词的,就跟我说,这边镇上有位人称东山松的唱词先生,是柳先生的师兄,你可以先去他那儿拜访,说不定也会给你指点几招。东山松呀,边上一个卖鱼干虾皮的贩子凑过来说,自打两年前收了一名女弟子,就不再收徒了。茶叶贩子嘿嘿一笑说,没想到,这瞎子临老还遇上一段艳福。二人搭上了话,也就把我晾在一边,我索性加快步伐，在天黑之前赶到柳庄。

见到了柳先生，他一眼就认出了我。柳先生说，我第一回见到你，就晓得我们以后还会再相见。你学鼓词，是纯属玩玩，还是要拿来混个饭吃？

我说，我要出人头地。

好一句出人头地。柳先生随手拿起一根竹箸，在桌板上敲了几下，漫声念道，话说天地开辟，未有人民，女娲娘娘抟黄土造人，但因事务繁忙，只好拿绳子投入泥浆，然后便是举手一甩，泥浆洒落成人。有道是，富贵者，黄土人也；贫贱凡庸者，泥浆人也。小子，你可听说过这《风俗通义》里头讲的故事？富贵贫穷，在女娲造人时，就已注定。你信也好，不信也好。

我先是点点头，表示自己没听过这故事；继而摇了摇头，表示自己不信这富贵贫穷是上天注定的说法。我祖上世代务农，既没出过秀才，也没出过商人，可我还是想着有朝一日出人头地。

后生有志气，师傅说，我就先教你几句入门的词文，听落肚了，再教你唱大部头。

学唱鼓词，得先学敲琴，再学打鼓。琴是牛筋琴，鼓是牛皮鼓。讲究点的，还要学会打拍，敲抱月。拍是黄杨拍，俗称三粒板，打法跟快板一样。抱月也是黄杨木做的，笃，敲一声，十分脆亮。把一琴二鼓三唱四白样样学全，再把《十二红》这部大词熟记，少说也要一两年时间。那年头，市区中山公园、大南门、小南门、西郭一带都设有词场，每天下午，闲来无事的人仅需花一角钱就能入场听鼓词。词场请师傅拉场子，几乎场场爆满。门票收入三七分，我给他打下手，也能叨得一点好处，解决食宿费。更重要的是，我能坐到前排，听他怎样唱，怎样讲白，怎样扮演生旦净末丑的角色。夏夜七点开场，十点静场；冬夜五点半开场，八点半静场。我每回都是从头坐到尾。有一回，师傅吃坏了肚子，唱《杨志卖刀》时突发内急，让我上场顶替。我没怯场，照着师傅的调调把这一本词一口气唱下来。散场后，师傅说，檀板歌喉都不错，只是少了点味道。这味道，不是苦学就能学得来的，你呀，要多经历一些世事，学会在事上磨，在脸上做戏，日子久了，这味道自然就出来了。

我把全本《十二红》学会了之后，师傅又跟我说，你从我这儿学到的，只是我传授的词本和唱调，我这几十年在方圆几百里的地方唱下来，大家都耳熟能详，没新鲜货出来，听众容易起腻味。你以后要唱一些新书，掺入自己的调调。我问师傅，我该怎么做？师傅说，多去热闹场里走走、看看、听听。

这一天是市日，师傅说要带我去赶会市，会老友。船到了，是乡下常见的那种两尺四的小木船。我对师傅说，你下先。师傅说，不能说下，要说上。师傅上了船，坐定说，干我们这一行的，虽说有词本，但鲜活、地道的方言土语还是要从闹市里学得。你逛会市，要留意各色人等说话的腔调。

逛完主街，师傅让我看看牛羊交易市场。师傅说，你要注意了，这里边做买卖的，都懂切口，牛羊有牛羊切，水产有水产切。师傅指着一个正掰开羊嘴给旁人讲解的中年人说，他是牙郎，我的老朋友，你往后要向他多多请教。我说，牙郎是不是给牛羊拔牙的？师傅一听这话，笑得连嘴里面那枚大金牙都露了出来。师傅说，牙郎，古时称互郎，就是现在所说的中介。至于"互"字为何被人读成"牙"字以至将错就错，就不得而知了，我曾问过本地学问最大的厚堂先生，他居然也说不出个所以然。师傅这样说着，就把一包牡丹香烟塞到我衣兜里说，你过去，敬一支烟，站在边上，听他讲话就是。我说，我是唱鼓词的，他是做买卖的，干吗要听他讲话？师傅说，人家牙郎的学问大着呢，什么物事、什么门道，都知晓一些，而且能说会道。去，你能从他们那里学到不少连师傅都教不了的东西。

正说话间，牙郎走了过来，笑眯眯地跟师傅打了个招呼，又问，两寸有无？我转头看了看师傅，师傅说，两寸指的是烟。我从口袋里掏出一包牡丹香烟，递上一支。师傅说，敬一个人的烟，也要掏出一双。我又照师傅说的做了一遍。牙郎跟师傅讲起了今天的几桩买卖，还不停地打着手花。讲到饭点，我们也就散了。

夏日傍晚，师傅说，没事你就去桥头樟树下什么地方坐坐吧。你听他们讲闲谈，就晓得近来他们喜好什么话题。你只要听进去了，闲话不闲。

我又照师傅说的，去了桥头樟树下。

桥头的闲话果然多，他们管这叫讲闲谈。我坐在黑暗的角落，摇着蒲扇，有一搭没一搭地听着。偶尔也能听到有人讲师伯的闲话。师伯的闲话跟一个女人有关。他们说，东山松早些年只需要一根拐杖就能独自出远门，现如今有了个女弟子，就跟当年戴村的戴老爷一样，出门去村口买包烟也要她扶着。有人感叹，他现在要是离开了那女人，恐怕也要成废人一个。我把这些闲话一并学给师傅听，师傅沉默片刻后说，就当故事来听吧，我们编别人的故事，也允许别人编我们的故事。我点了点头。

临睡前，师傅说，这些闲话，以后不要传给外人。师傅说的"外人"，是指门外的人。我没见过师伯，但我可以想象他的样子，也顺便想象了一下师伯家那个女弟子的模样。在包围着我的黑暗中，我闻到了栀子花的香味。这一年夏天分外燥热。

跟师傅一起，我明白什么话该讲，什么话不该讲。但唱鼓词的时候，师傅总是鼓励我放开唱，想怎么唱就怎么唱，唱到痛快的地方，即便来一句荤口都不打紧。

满师那日，师傅送我一张自己用过几十年的旧琴。师傅说，这琴是改造过的，你敲一下，听声音是不是更浪。

我拿竹签敲了一下，才发现琴弦已从牛筋换成了钢弦。

师傅说，我再送你一个艺名。我正要道一声谢，师傅却挠了挠后脑勺说，叫什么，我还没想好呢。我说，我出生的村子叫旭光村，我爹就直接给我取名张旭光。结果我发现，学校里有好几个人都叫旭光。师傅说，旭光这名字虽然听起来响亮，但不耐品味。唔，这一刻晚风多清凉，就叫晚风吧。

张晚风，张晚风。我的艺名就这样叫开了。

这艺名用在我身上，就仿佛新衣裳穿在身上，起初感觉有些生分，时日久了也就习惯了。

我离开师傅去老家卖艺，没人喝彩。师傅说，外来和尚好念经，你得去远一点的地方。

我去了一个外县的祠堂，连唱三场，反响平平。后来辗转各地，也没赚得几声喝彩。那一年，我孤身在外，穷得响叮当，平常只穿春秋两用衫。天热时卷起袖子，敞开领子；天冷时就把手放进衣袖并里，跺几下脚，抖几下肩。回到家里，我从来不会，也不敢向家人哭穷。只有师傅知道我的窘境，他把我喊到身边，帮他打打下手，再磨炼磨炼。

师傅说，早些年，你师伯跟我搭档唱大词，名动浙南，以后就指望着你了。

谈起师伯，我要多唠叨几句了。没见到师伯之前，我就常常听师傅提起他。师傅说，师伯的看家本领其实不是唱《南游记》，而是唱《西游记》，本地人没听过他唱《西游记》，就等于没听过鼓词。师伯能把唐僧师徒和妖魔鬼怪的七情六欲都唱出来，仿佛他们就是村里的张三李四王五赵六。师傅这么一说，我就越发想见到本尊了。

有一天，师伯竟不请自来。我闻到他身上的尘土气味就晓得他走了很长一段路。他跟我想象中的模样差不多：身材修长，脸也修长，手里捏着一根长竹杖，连手指和指甲都很长。师伯身后站着一个瘦俏的年轻女子，扎着一对小辫子，眼睛清澈，嘴角挂着一丝微笑。她叫阿慧，师伯转头说，阿慧快来见过师叔。

师傅跟他们寒暄几句，就拉着师伯的手说，两年多没见了，没你搭档，我也索性不去接那些唱大词的生意了，平常就在一些村镇里唱些平词。

这不，我东山松又出山了。师伯站在门口，发出爽朗的声响。

我想扶师伯进来时，阿慧给我使了个眼色。师伯摸进了门，就像在自家一样来去自如。他知道桌子在哪边，椅子放哪里。我给他端茶递烟，他伸手就接，好像什么都瞧在眼内。

师傅说，今年我接了几个大单，非你出来合作不可。

师伯点了点头说，我们南板南游这一脉不可断。

师伯会唱的，师傅也能唱。这几十年来，每逢陈十四娘娘寿诞，四乡八里的人都会争着请他二位，都说是一个做生，一个做旦，唱起词来同花开一色。他们拿到词资，七个铜板也要对半分的。

我问师傅，唱《南游记》，为什么有的地方只唱三天三夜，有的地方要唱七天七夜？

师傅说，请我们唱七天七夜的，都是出得起钱的金主。

师伯接过话说，我跟你师傅当年还唱过十三天十三夜的《封神榜》。那时节，我们年纪轻，膛音大，底气足，把大词师赵岩先生都给惊着了。

我把菜夹到师伯碗里时，师伯说，我自己会夹的。说完，伸箸从盘子里夹了一颗花生米，丢进嘴里。师傅说，菜不用夹，酒还是要给师伯筛上。我提起桌上刚加热的一壶黄酒时，师傅又补充了一句，满上。酒快满时，我点了一下壶嘴，师伯的耳朵动了一下，立马伸手盖住杯口说，满了。此时酒刚好跟杯沿齐平。师伯喝起酒来，斯斯文文，给人一种润物细无声的感觉，不像师傅，喝酒时总是发出咕咚一声，仿佛有一块石头落入深井，有时还冷不丁发出一声酒嗝。

师伯在快活头上，随即唱起了《西游记》中的精彩片段。他开口一唱，我脑子里就出画了。师伯会模仿各式各样的动物叫声。他对我说，我这回来，也没带什么伴手礼送你，就教你口技吧。师伯学猪叫时，我也噘着嘴，尖叫几声。师伯说，新年的祝福、前人的忠告、长者的手艺，都是塞到你口袋里的钞票，你可要好好收着。师傅努努嘴说，还不快敬师伯。我举起酒来，向他敬了一杯。

师伯把头转向一边说，阿慧，你也给师叔敬一杯。

师傅见阿慧起身，也立马回敬说，阿慧，这些年让你照顾我松哥，难为你了。

师伯说，有了阿慧，我好比是安上了一双眼睛。

阿慧干完一杯，双颊就涨红了。

我曾听师傅说过，阿慧是师伯从山沟里"捡"来的。她是外省人，十五岁那年死了爹妈，被一个人贩子从那边的山沟里骗到这边的山沟里，转过好几手，受尽欺辱，才被师伯解救出来，做了她的女弟子。

师傅问阿慧，你可会唱两句？

师伯咳嗽了一声，阿慧就不作声了。师傅也没再追问。

这一顿酒后,师傅与师伯谈妥了辩本生意,当场签订了一份协议。宾主尽欢,此处不必赘述。

那一阵子,师傅与师伯几乎形影不离,他们在台上唱《南游记》,在场下聊闲时年,仿佛又回到了属于他们的那个时代。两场《南游记》唱毕,师傅跟我说,你师伯大不如前了。以前他两眼虽瞎,但脸上有光,人也灵光,现如今,脸色灰暗,人也老拙了。我说,幸好有阿慧照顾着。师傅说,一个土埋半截的人还找了个二十上下的女人,不晓得是福是祸。

有一天,有位市文联的老领导送来两副黄杨拍。师傅让我送一副给师伯。从柳庄到东山,要走十里地。我两腿健,一炷香工夫就走到了东山。东山有一座大山,师伯就住在山脚下。我见到了阿慧。我问师伯在否,阿慧指了指路边的一座茅坑。是谁呀?我听到了一个苍老的声音。我转过头,看到师伯在坐在坑板上,满脸威严。我双手捧着黄杨拍,毕恭毕敬地站在他跟前,朗声说,启禀大王,师傅特命我送来一副黄杨拍,万望笑纳。师伯咳嗽一声,阿慧,接拍。阿慧接过黄杨拍,笑得直捂肚子。

凳未坐暖,我就从师伯家出来。拐过一座石桥,穿过一片竹林,刚出村口时,忽听得身后有人喊我。回头看,正是阿慧。她说,你的墨镜丢我这儿了。我道了声谢,戴上墨镜。阿慧说，你戴上墨镜的样子的确有点像你师傅。我说，大概是我们相处久了的缘故吧。你呢，师伯教过你唱鼓词吗？阿慧说，我是外省人，鼓词能听得懂七八分已经不错了，更不用说唱。我说，外边传言，你是他的关门弟子。阿慧说，门是关着的，弟子谈不上。竹林那边吹来了一阵风。我问，师伯待你怎么样？阿慧撇撇嘴说，还能怎么样，他一天到晚都是面无表情的。不过，如果不是他当年收留我，恐怕我还在山里受苦呢。我又问，你有没有想过回老家？阿慧说，老家离这儿有两千多公里，远得都不想回了。再说，爹娘都已经走了，回去之后也没有特别想见的亲人了。说到这里，她咬住薄薄的嘴唇，莫名其妙地笑了。

阿慧喜欢笑，没心没肺地笑，我在她的笑声里险些绊倒。她的笑声能传得很远，我回到家中，躺在床上，耳边还晃荡着她的笑声。以后听着风吹竹林的声音，我会驻足多听一会儿。听久了，会恍惚觉着记忆中她的笑声也像是吹过竹林的一阵风。

一天，阿慧打来一个电话，让我转告师傅，说师伯一病不起，看来有点麻烦。我立马骑上一辆刚买的摩托车，带着师傅去看望师伯。师伯躺在床上，说近来食郁、乏力，得的是一种连本地一位老先生都无法诊断的怪病。师傅让师伯赶紧坐我的摩托车去县城医院做个检查。但师伯说，他不信西医，就像他不信耶稣基督。关于疾病，师伯有自己的一套看法，旁人是很难说服他的。

阿慧说，他昨天还能出门去买香烟的，今早回来，两腿就动不了了。

师伯说，今早我出门，听到一个刚学会走路的细儿冲着我莫名其妙地哭了起来，我就预感不妙了。

师傅问，这话又怎么讲？

师伯说，筋骨败了的老人大清早出门，若是听到哪个细儿莫名其妙地冲着你哭，多半是不祥之兆。

师傅说，你既然晓得自己身体出了问题，就得早就医，本地的西医若是诊断不出来，就坐民主轮船去上海大医院看看。

师伯摆摆手说，没用的，我给自己算过命，这个关煞是没法破除的。你们别笑话我是个瞎子，我看到的物事比你们要多。这世上有一些看不见、抓不到的物事，我已经在脑子里琢磨许多年了。

师傅说，你都在琢磨些什么啊？！

总之，我的寿数快到了，师伯干笑一声说，阿慧，你可以去街上给我准备寿衣了。

师伯在床上昏昏沉沉地躺了近半年时间。有一天傍晚，我又接到了阿慧打来的电话，说师伯快不行了，让我和师傅过去一趟，他有话要说。我们刚迈进门槛，师伯就断了气。

师伯的身体在夏夜也是冰凉的。阿慧哭得很伤心。师傅把床头的闹钟取过来，往回拨了几格。

我问师傅，这是什么意思？

师傅说，我真想让时间倒流，再跟师兄唱两句。

说着，师傅就真的唱了起来。

送葬回来，我们坐在一起吃饭的时候，阿慧像盲人那样看着师傅。师傅问，阿慧，你这样看着我是什么意思？阿慧说，他平常就是这样看着我，我也是这样看着他的。阿慧所说的"他"即指瞎子师伯。师傅听了阿慧的话，忽然流下了眼泪。

师伯走了，阿慧没有去处，师傅把她和师伯的遗物一并接收过来。师傅说，阿慧是个可怜的孩子。

平常没活，我就回老家干点别的什么事。阿慧寄居师傅家，也没找其他出路。我再次见到师傅，发现他活络了许多。有一回，他忽然问我，他身上有没有一股老人气。我听了有些惊讶。师傅年过六十，身上有点老人气也不奇怪，可他似乎很在意这一点。后来我才晓得，他跟阿慧已经有了一层不同寻常的关系。师傅跟师伯一样，自此不再收徒。他原本跟我最是合得来，后来也渐渐疏远了。

师傅和阿慧住在乡下，流言也多，后来不得不搬到县城的某个角落，过着深居简出的日子。直到有一天，阿慧给我打了一个电话，说师傅接到了一些唱鼓词的生意，一个人唱不过来，就念起了我。我嘻嘻一笑说，难怪我近来耳朵痒兮兮的。

起初，我们唱的是五日五夜的《白蛇传》。下午半点，庙里开始"请佛"，师傅先唱词头，我唱正本，及至唱到三点半，这算是一日；到了傍晚七点，轮到我唱词头，师傅唱正本，这算是一夜。师傅下来后，阿慧会递上一碗桂圆莲子汤。师傅对阿慧说，下回给我熬汤的时候，也给他熬一碗。就这样，我们唱了五天五夜。"头家"很满意，给了师傅一个大红包。那晚，师傅也很高兴，对我说，你师伯走了，往后你就随我一道唱大词。师傅说的唱大词就是唱《南游记》。师傅以唱《南游记》出名，人称南游柳。师伯还在的时候，民间有一种说法：唱南游，松不如柳，唱西游，柳不如松。但师傅说，他早年是跟师伯学的唱《南游记》，只是因为添加了一些当地的风土习俗和俗语，吸引了大批听众，让他们就此记住了。

师傅接了几个大单，就把签订协议、踏查场地、购买经词纸马的事都交由我一手操办。一年间，他要带着我从平阳太阴宫唱到瑞安西山宫、温州市区东岳殿、乐清杨府庙、永嘉浮沙殿、青田石门宫、丽水大水门宫。《南游记》照例要唱七天七夜。从开经、请娘娘到坛到圆经，但凡站着或跪着唱的环节，都由师傅出马，每每唱完，就会有一位"头家"递上利市包。师傅用手一摸，就晓得对方出手是否阔绰。

整本词唱完，师傅拿到词资，分我四成，然后他就开始大手大脚地花钱了。师傅出身地主家，骨子里还有一些上辈人的印记。首要之事是吃。师傅吃饱喝足，就剔着牙，摸着相公肚，说胀煞，胀煞。肚子不会越摸越小，但似乎被他摸圆了。

阿慧，你给我拿一根牙签。师傅说着便伸出一只手来。那模样，像是关老爷让周仓去取青龙偃月刀来。

除了吃爽喝爽之外，他还要给自己添加一些家居用品或衣裳——他尤其喜欢买绸布，他说绸布做的对襟衣裳穿在身上很舒服。

中秋前夕，我提着一扇猪肉、两壶糯米烧，来县城看望师傅。门虚掩着。阿慧穿着一件丝绸睡衣，坐在客厅的沙发上。从天窗透进来的日光里有一片灰尘飘浮着，屋内的光线半明半暗。师傅的手摸着绸缎面料，就跟抹了洋皂似的。摸着摸着，五根手指就不听使唤，滑到绸缎里面去了。手滑，管不住了。师傅嘿嘿一笑。阿慧问，我的皮肤好，还是绸缎好？师傅说，受用，都好。

我在门口鞋垫上蹭了蹭皮鞋,师傅跟阿慧就腾的一下分开了。师傅的脸色青里带紫。

我后来回想,我那时把师傅脸上隐约透露的病色错当成了怒色。

有一天,师傅对我说,他上茅坑解手之后,发觉拖鞋上湿了一片。我说,这有什么打紧的。师傅说,我的身体已经出了问题。师傅说的问题就是无论使多大的劲,尿液还是落在拖鞋上,打湿脚趾头。

从此之后,师傅常去的地方就是医院和庙观。他说,他在庙观里唱鼓词赚来的钱都送给了医院。他想活命,就得赚更多的钱,想赚更多的钱就得拼命。他每回出演,都会带上我,他唱个词头,就没剩多少元气了,后面的正文就交给我来唱(当然,按老规矩,师傅即便出工不出力,也要坐股分红的)。这一天,师傅同往常一样,跟我一道去太阴宫唱鼓词。出门走了一小段路之后,他就开始抱怨阿慧给他买的一双新鞋硌得脚后跟难受。我蹲下来,脱掉他的新鞋,发现他的脚背和小腿已经出现了水肿,我告诉他,问题不在鞋子上。他听了,突然咆哮了一句,就是鞋子的问题。他穿上了鞋子,决定回家把旧鞋换上。我也不得不在后面紧紧跟随着。走到半路,我就看到他摇晃了一下,又摇晃了一下,接着就倒在地上。我记得师傅闭上眼睛之前，只是轻声哼了一句：那个老瞎子没骗我。

没想到他走得这么快。阿慧送走师傅后，还是不太相信师傅已经走了。

之后，她发烧整整一周。她总是说身上好冷，好冷。春天来了，也没让她改善怕冷的症状。我晓得她的心思，一怕床凉，二怕夜长。这一年初冬，我就把她从东门接到西门的出租屋同住。

第一晚，我用两层被子捂住她的身子，还是没能捂热。第二天清早，我从被窝里出来，生了煤炉，煮了一锅番薯粥。她露出一颗脑袋，用热热的目光望着我，不说话。

我坐在床沿，吃了一支空心烟，就把她的脑袋按了回去。她把我也连带拉进了被窝。这件事，她做得着实温柔得体，却让我无缘无故地倒吸了一口冷气。我有点累，躺在她身边睡了个囫囵觉。醒来时，发现她正跟我对望。我忽然觉着，她的眼睛里有另一个陌生男人的目光。

我对她说，我刚刚梦见自己进了一个黑漆漆的房间，里头是冷冰冰的，有个人影，时隐时现，感觉是遇到了你那个早夭的前夫。我没见过他，但我感觉他就是。

她突然流下了两行泪。她哭的时候我竟闻到了露水的气味。我把她搂在怀里，不晓得该用什么话安慰她。

她的身世，我曾经听师傅和师伯讲过，但有些细节（比如男女之事）还是她亲口告诉我的。十五岁那年，她被人从外省卖到浙南山区。三年后，他的男人年纪轻轻就猝死了，而且是死在她身上。于是，村里人都开始在她背后指指戳戳，说她脸上有苦泪纹，眉毛上有眉眼痣，这就是克夫相了。她不信这个邪，就当着众人的面找了本村一位会摸骨的老瞎子给她算命。老瞎子摸完头骨与手骨之后告诉她，这地方不宜久留。可她不晓得自己出了这座大山要去哪里。她说她不想走，死也要死在这里。老瞎子说，她要是继续留在这里，恐怕还会发生不祥之事。乡里有个老光棍也不信这个邪，在秋收过后的傍晚，把她硬生生拖到了稻草堆里，她没有呼救，也没反抗，只是默默忍受了。但那个老光棍越发放肆了，每每得手都会到处炫耀。一年后，另一个返乡的老光棍也看中了她，于是，两个老光棍就像是为了争夺交配权的野狗那样打斗起来，结果是一个被一刀捅死，另一个被枪毙。冤碰着孽，想躲也躲不掉，村民们又把怒火发泄到阿慧身上，用石头堵死了她家的门窗。老瞎子可怜她，替她在村民面前好言几句，却没有人理会。老瞎子只好托人带了个口信，请来一位当年跟他学过摸骨术的唱词先生。某个夜晚，全村人都去祠堂听鼓词，老瞎子偷偷来到阿慧家门口，搬开石头，撬开铁条。他告诉阿慧，到了山下，就躲在公社旅馆里，此后会有人来接应。

后来果真有人来接应？

有。

谁？

就是那位唱词先生。

师伯？

是的。

师伯这人怎么样？

什么怎么样，阿慧翻了个白眼说，我明面上是他的弟子，其实是他的女人。那个老家伙除了两眼看不见东西，其他零件都很好使。他一大清早醒来，躺在床上，就晓得屋外是晴是阴。我偷偷涂了口红，他也晓得，还嫌我口红涂得太艳。阿弥陀佛呀，他可不是一般的瞎子，他比那些双眼明亮的人更精明。他手里要是有一把枪，可以管住一个村的人。

阿慧躺在床上，也会跟我提起师伯与师傅的一些往事。她说，他们师出同门，表面相敬，暗地里却在较劲。师伯要在唱腔上下功夫，而师傅偏偏在讲白上下功夫。等到老了，他们反倒越发相似了：布鞋总是当拖鞋趿，解手后总是忘了系扣子，背心常穿反，还有一点就是，常常会在我面前说一些不正经的话。

师傅也贪那个？

没你师伯那么贪，但有时还是会提出一些奇怪的要求。

阿慧讲起师伯与师傅，口吻轻淡。讲起自己辛酸的往事，她也像讲别人的故事，甚至还会发出笑声，笑着笑着，我就流下了眼泪。她问我为什么流泪，我说，你的笑声让我想流泪。

她躺在床上就是我的女人，下了床她就把自己打扮得像在我家做客，说话也是客客气气的。出了门，她总是跟我保持一前一后的距离。我问她为什么不跟我并排走，她说，爹娘也是这样子的。

我们虽然没有领证，但我还是会在家里喊她一声老婆。她说，在屋子里你可以这么叫，出了门就叫我阿慧。我知道，阿慧是怕外人说闲话。

其实，活到这个份上，还会有什么闲话？

我今年三十九岁，阿慧四十二岁，再过几天，吃了冬至圆，我就满四十岁了。这个岁数给我的感觉就像，一个迎着夕阳赶路、脸上满是霞光的人，忽然发觉自己走错了路，等他转身，身后已是一片黑咕隆咚。那个时候啊，一颗心也就慢慢冷硬起来了，像一块石头。

阿慧是不会回来了。我告诉自己，这一回她定然是走得无比坚决。

我曾走访过阿慧当年待过的那座山村。那位老瞎子早已经下世，不过，村民说，那块青石墓碑还是阿慧出钱托人给他立的。阿慧对他一直心怀感激，这份感激之情也一直延续到另一位会摸骨的老瞎子身上。她说，她相信那个死鬼瞎子说的话，即便他说的全是瞎话。有一回，师伯给她摸骨算命，她也对此深信不疑。师伯先是摸头骨，接着摸手骨，最后把她全身的骨架摸了一遍。她说他老不正经，但他摸完了之后很正经地告诉她，四十三岁那年，她一定要离开身边的男人。否则？否则还会有一次无妄之灾。什么无妄之灾？师伯没有明说。

吃过冬至圆，阿慧正好四十三岁。

门前，新叶落在旧叶上，一条水泥路一直朝北伸展着。阿慧走了之后，我就感觉魂和魄不在自个儿身上了，邻居们说我像丢了官印的县太爷。是呀，这比丢官印的事儿还要大。

徒儿过来问，师傅，你有好长时间没刮胡子了吧？

我摸了摸下巴，胡子已有寸把长了。这个年纪，也该像师傅那样留起胡子了。出了门，呢子学士帽和墨镜也是不能少的。

师傅，徒儿走到门口，又回过头来说，再过两天我们就要去杏庄唱大词了。

我晓得。

你没事吧?

我没作声。

船缆系在岸边,船便同猫一样温驯。柳枝随风飘动,远处已见炊烟。这里就是杏庄了。从前,师傅和师伯每年都会来这村子唱一回平词或大词。现如今虽说好景不再,但仍然留下了庙观、祠堂、戏台之类的旧迹。我和徒儿也要在这里唱上七天七夜。

村那头响起了闷闷的锣声。天色阴阴的,怪不舒服。

徒儿进来,告诉我,村里一位长辈公找出了当年为我师傅和师伯点过的那盏老式汽灯,今晚特意为我再点亮一次,就挂在娘娘宫的戏台上。

我问徒儿,两寸有无?徒儿掏出两支烟,恭恭敬敬地递给我一支。

天黑之后,冬雨就在黑暗中飘洒着,路灯看起来犹如莲蓬。有人隔着雨雾喊着不远处一个什么人,声音飘得很远。

阿慧恐怕是不会回到我身边了。

我瞄了眼手表,忽听得炮仗的巨响滚过远山。嘴里点着的那支烟依旧冒着微小的火星。我越想越冷,直到烟头在手指间颤抖起来。

山雨

雨落在屋顶的时候你要庆幸，雨没有直接落在你的头上。老洪吐着烟，把目光从檐外的暴雨转向老麻的秃脑门说。晒谷坦上雨似蚕豆，发出一阵密实的噼啪声。老林和我坐在一个反扣的捣臼上，也吸着烟。

老麻望着檐下的旧灯笼问，这灯笼是不是上间佛灯？

老麻所说的上间就是中堂。上间有神灵护祐，故称上间佛；祭祀的灯，依例叫上间佛灯。但我还是要纠正老麻的说法，你看灯笼前面写着"三官"二字，就可以断定这是三官灯，祀奉的应该是三官大帝，我们这儿管他们仨叫三官爷。

老林抖落烟灰说，你们再往左上方看，神堂阁里供着本家六神，一神一炉，是不是有点像大神们的烟灰缸？

老洪说，你们的说法其实都不太对。本家六神嘛，指的是门神、檐神、灶神、土地神等，不止六位——就像扬州八怪其实也不止八位——我们这儿的人习惯于把这些家宅内的本地爷统称为上间佛。所以,老麻说的没错,三官灯也可以称作上间佛灯。

老洪跟那些民间的火居道士打过交道,因此,我们一致认定他的说法最权威。从老洪口中我们还得知,上间佛只管家宅内的闲事,出了某个势力范围,他们就不管了,诸事拎得很清。这是一座废弃的老宅。六神尚在,人却没了。庭院间只有土花斑斓,野狗游荡。

老麻望着那一溜摆放的香炉说,这座老宅虽然不大,却供奉着好几位大神。难怪这一带的房屋都拆的拆,迁的迁,唯独它还孤零零地留着,像是被几位大神罩着。

老麻是拆迁办的主任,面对"本地爷",他也不敢造次。我问老麻,你们为什么没拆这座老宅?老麻说,这是上头的意思。

说话间,一个老人走了过来,合拢雨伞,也没瞧我们一眼,就转到一隅,从纸包里取出一根蜡烛、四支香。他解开柱子上的绳子,把悬挂檐下的三官灯放下,打开灯笼罩子,在底部木板上插了一根红烛。我掏出打火机,递到他跟前,他也没做理会,兀自掏出火柴盒,点燃蜡烛,继而盖上灯笼罩子;之后,就在灯笼上一个茶壶嘴般的竹筒上插了三支点燃的香。这一切摆置妥当,他又回到柱子边,抽着绳子,把灯笼升至檐下，给绳子打了个结。剩下还有一支香，插在一根柱子上的竹筒里。老人站在灯笼下，整了整衣裳，对着三官爷拜了三拜，口中念念有词。

我们依旧在抽烟。微风。烟丝缭乱。雨水顺着檐口的沟头落下来，打在石阶上，滴答作响。老洪说，我跟你们讲一个跟三官灯有关的故事。一九四一年暮春，日本人打到我们这边来，飞机扔下两枚炸弹，炸毁了孔庙大成殿两边的屋子。我爷爷的部队就驻扎在大成殿隔壁的一座祠堂里。他们自知势单力薄，就分成三股力量，打算跟日本人周旋。黄昏时，我爷爷想找个地方躲宿。他走到一座老宅，看见檐下挂着一盏三官灯，就合十给三官爷拜了三拜，忽然一声枪响，一颗子弹擦着他的头发飞了过去，击中长桌上的香灰炉。他摸了摸头皮，似乎还有点发烫。我爷爷不知道这冷枪是从哪儿打来的，他端起机枪，顺着子弹打来的方向追出去，也没发现敌人的踪迹，但他自知行踪已经暴露，赶紧趁着夜色撤退到后山。我爷爷说，那颗子弹就是在他鞠躬那一瞬间打来的，假如他的脑袋抬高哪怕一公分，就有可能毙命。我爷爷还说，自那以后，无论到了哪里，看到三官灯他就会跪下来磕三个响头。

站在一隅的老人轻轻地咳嗽了一声说，这样的事我也曾听过。

他长得有些清瘦，颊萎腮瘪，但气色不错，两块颧骨上还泛着一丝红光。他没有笑。也许是因为他不太习惯冲着陌生人微笑。

我也给你们讲一个跟三官爷有关的故事吧。老人微闭着眼睛说。

这座宅子，原本不是我们的，它的旧主人姓谢。谢家是本镇的名门望族。土改后，谢老爷被当作恶霸地主拉出去枪毙了，我们这些住茅草棚的穷人家就搬了进来。我们家分到了一间轩间、一间披舍。而谢老爷的弟弟就住在后院的一间柴房里。他有一个既难念又难写的名字，我们都管他叫谢先生。谢先生是独身的，我们暗地里都叫他天独自人。他跟邻里来往不多，跟我爹娘也没说过几句话。

谢先生怕不怕寂寞，我也不晓得。但凡有小孩子跑到后院，他总乐意跟他们玩。有孩子来讨零食，他就给他们每人分一颗糖果；有孩子来问字，他也会明明白白地写在纸上，饶有兴味地解释一番。也有些孩子，比如我，为了能吃到糖果，便故意向他问字。有一回，有个孩子拿了一根木炭在地上写了一个生僻字，问谢先生这是什么字。谢先生的喉咙里像是被痰塞了似的，过了许久才吐出一句话：学堂息，这个字，不许问，也不许提。

谢先生并不像我们想象的那样寂寞，他很会自得其乐。他有一方淳安的石砚，叫龙眼石砚，平常能呵气成雾，贮水不涸，他拿一支鸡毫笔蘸着水，就在石板上写字。我不认得他写的字，但我喜欢看他手中的笔在石板上游动的样子。他家门口还有一个破水缸，月亮从天井上方投下影子，他就坐在那里，跟水缸里的月亮玩。有一回，我口渴得厉害，想掬一捧水缸里的水，却被谢先生叫住了，这水不能喝。水面浮荡着几片落叶，细看，还有一些小虫子，一伸一缩。谢先生告诉我，这是蚊子的幼虫，当地人叫它赤虫，书面语叫什么孑孓来着，字简单，但很多人都不会念。谢先生还跟我解释，这水里面有很多细菌，喝了肚子会疼。他舀去浮在水面上的赤虫说，喝水一定要喝烧开的水。

可我从来没有把谢先生的话听在耳里，记在心上。有一天，我不知吃了什么"不净的东西"，忽然生了一种怪病。起初是发热、呕吐，继而像中了毒一般，浑身酸痛。次日，脸色发黄。有人说是黄疸病，也有人说是食物中毒，吃了药，打了针，都不见效。爹娘四处求医问药，都说"冇解冇解"。问问地头鬼，求求上间佛，也冇结煞。

有天午后，我躺在床上，听得外面有人弹三弦。我爹说，范先生来了，不如请他算个命。那时节，算命先生出来算命，总会弹几声三弦，就好比挑卖猪肉的会吹牛角、劁猪的会吹笛。算命先生让我爹报上我的生辰八字，沉默了一会儿，就把我爹娘拉到外面，压低声音说了几句什么。爹娘进来时，脸色异常难看。我娘原本动不动就骂我一声"短命儿"的，但自从听了算命先生的话之后，不管我怎么闹腾，也没有骂我一声"短命儿"了。我躺在床上，也隐隐约约觉着，我可能活不了多久。

有一天傍晚，外面下着雨，爹娘不知去了哪里。我一个人躺在黑暗中，眼睛黄热，脑袋胀痛，只想往墙上撞。疼痛加剧的时候，脑袋里像是有个带棱角的东西要撑破头皮，撑破帽子。我先是放长声哭，叫了一句"皇天三宝"，雨声中猛地传来一阵落地雷。我吓得不敢哭喊了。这时，谢先生走到我眠床边，拨亮灯说，你爹娘一直把我这个邻舍当作阶级敌人，因此我都不敢上你家探望。前阵子我听人说起了你的病况，依我看，你得的是钩端螺旋体病，今天一早，我特意去长春院的老道那里求了几粒仙丹，来来，吞下去就没事了。他见我半信半疑，就说，服用仙丹之后，还得跟我念一段三官经。我那时头痛欲裂，也不管那么多，坐了起来，就把药吞了。他说，这仙丹很灵的，记得每天早中晚各服三颗，你藏好了，勿跟别人说起，包括爹娘。我点了点头。他随即念起了三官经。我不晓得三官经是什么经，他念一句，我也跟着念一句。他念经的时候，我记住的不是经文，而是那晚的雨声。

　　临走前，他对我说，除了吃药，平日里念念三官经，也许可以帮你化解一些苦痛。我照他的意思，背着爹娘，偷偷吃药，默诵经文，不出几天，怪病果真就消失了。爹娘说，他们昨天去了福田寺，在佛前给我许了愿，现在总算显灵了。我病好之后，问谢先生，那仙丹到底是从哪里来的。谢先生说，他给我吞的，并非什么仙丹，而是一种治疗钩体病的西药。至于这药从哪里求得的，他一直笑而不答。

　　要说这个谢先生，真的不是一般的人。乡里的人说他早年留学日本，读的是早稻田大学。早稻田大学嘛，他们说，就是农业大学。种田还要跑到人家小日本那里去学么？日子久了，乡里的人就发现，他在日本并没有学会什么种田的本领。我只见他下过一回地。一双白脚梗插在田地里，连田头的妇人都掩嘴偷笑。他插秧的时候，是像先生一样坐在反扣的木盆上，然后把秧苗放在长长的指甲上，轻轻一顿，再往泥里插下去。冇范冇范，这哪里像种田人该有的范！谢先生又被大家伙儿狠狠地嗤笑了一通。

　　我在早稻田学的可不是插秧、割稻这类粗活。谢先生说。

　　那你学的是什么？

跟你们说了也不明白的。

的确,谢先生做过一些叫人看不明白的事。他跟朋友办过酿酒厂,但因嗜酒,常误正事。酒厂办不下去,他又转而办酱园,起先经营有方,赚了一笔钱,还赞助过一场轰动一时的诗会。但酱油与诗,毕竟隔得太远。经营酱园,牵涉到方方面面的人与事。他干了一阵子,不耐烦了,就把酱园的股份全部送给了一位堂兄。他还在长春院当过道士,吃了一百零三天的三官素,就还俗了。人家问他还俗的原因,他说,想吃肉。

对我们乡里人来说,谢先生就是个异类。他们看不惯他那与众不同的样子。他们会说,他跟我们不是同路人。既然不是同路人,那么他的问题就来了。公社书记说,他那西装头太洋气,要剃掉;说话太文绉绉,要改。总之,从里到外,都要跟张三李四一个样。谢先生干脆剃了个光头,不说话。饶是这样,也不行。

有一年,乡里办起了一家樟脑油厂,工人就近取材,沿着山脚斫掉了一株又一株樟树,眼见着后山那十余株三四抱粗的古樟也躲不过斧锯,谢先生就看不下去了,写了一篇哀悼古樟的诔文贴在树上,可那些斫树的工人哪里会明白他的用意。树还是照斫不误。谢先生索性不顾斯文,跳了出来,说了一通不识时务的话,结果被公社书记在大会上通报批评了一番。不出三年，山上山下的樟树差不多都斫光了，而樟脑油厂由于销路不畅，也停办了。原本被樟树覆盖的地方荒秃着，有点刺眼，公社书记就从县里面的桉树良种站引进一批桉树苗。书记听说谢先生早年毕业于早稻田大学，懂点农林知识，就向他请教引种栽培的知识，但谢先生又说了一通不识时务的话，惹得书记很不高兴。书记转过身，大手一挥，开始动员乡里的人：桉树要种，要漫山遍野地种，再过三五年，你们就可以看到一片参天大树了。谢先生听了，不再作声。

谢先生对我说，桉树就是抽水机，既吸肥，又吸水，你看好了，往后这片凡是桉树覆盖的地方，土会板结，水会慢慢枯竭。他还告诉我一些水中盐分上升多少、土地肥力下降多少的知识，可我怎么也记不牢。

谢先生毕竟是读书人呀，读书人最大的毛病是忍不住要发表自己的看法。他说了几句桉树的坏话，可是，那年头，说树的坏话也不行。有一句老古话叫指桑骂槐是不是？谢先生指着桉树，责问的是谁大家伙儿都明白。

自从有了"黑五类"这个词，谢先生也就被他们归入"黑五类"了。连谢先生本人也不晓得自己怎么就稀里糊涂地戴上这顶帽子。我不黑，谢先生说，你们看我，长得白白净净的，我怎么会是"黑五类"？

谢先生被人关在福田寺一间黑咕隆咚的僧寮里，跟那个拒不还俗的老和尚一起，禁闭了很长一阵子。听说他在禁闭期间偷偷跟老和尚学习打坐，被人告发，就直接押到农场劳改。

一天清早，我挑水回来，看见了谢先生，头发乱蓬蓬的。他走得极缓，到了门口，上了一级台阶，门槛有点高，他想抬脚迈过去，可是，膝盖一抬，腿就松软下来，怎么也迈不过去。谢先生！我放下水桶喊了一声。谢先生回头扫了我一眼，点了点头。我把谢先生扶进了门，对着空荡荡的道坦喊，谢先生回来了，谢先生回来了。谢先生的老母拄着拐杖从上间后面走出来，那时她的眼睛已经瞎了，站在儿子跟前，一句话也没说。他瘦了许多，我说。谢先生的老母把儿子的脸和肩膀抚摸了一遍又一遍，才开口说，清减了没事，骨头还在，肉是可以长回来的。谢家老太太也是大户人家出来的，把"瘦"说成"清减"，就文雅了许多。

有一阵子，我时常跟谢先生在一起。他已戒酒，但吃烟，单是吃那种八分钱一包的经济烟。有时不晓得从哪儿弄到一些烟叶，自己包烟。他吃烟的样子像是要把肚子里的一股闷气吐出来。

我十五岁那年，还在读小学。学堂里只有甲乙丙三个班。校长也姓谢，是谢先生的堂兄，他把当年接手经营的酱园并入学堂，辟作教室。谢校长给上面打了一份报告，说师资不够，因此就请谢先生当小学教员。谢先生一人可以教很多门功课，语文、算术、美术、书法，他都教。谢先生有个习惯，每天放学前，他会走到纸篓前，把那些废纸一张一张捡了去。我们都叫他"谢纸篓"。我很纳闷，谢先生捡这些废纸作什么用？有一回，我发现谢先生坐在书桌前，把那些废纸一张接一张捋平，在上面写字。他写完一幅字，时常自署"米田共翁"。我问他，这是什么意思？他说自己在劳改期间扫过厕所。他这样说完，嘿嘿一笑。我一下子就明白了。

过年时节，公社书记来到我们学校，让谢先生写几副春联送到县里面。墨是徽墨，纸是洒金春联纸。乡里的人哪里见识过这么雅致的春联纸，都把头伸过来，看了又看。

谢先生写字的时候，书记手痒，也在一边挥笔写了起来。书记说，你是书法家，我是书记，都带个书字。你的字比我好，我的字比你大。这样说着，手中的笔就跟棍棒似的划拉了几下。

谢先生写完春联，书记瞟了一眼说，这些字跟眼前看热闹的人一样，都认得我，我却叫不出名来。谢先生干笑一声，走开了。书记隔空掼来一句粗话。大意是说谢先生净写一些叫人看不懂的字。

当然，也有人看得懂谢先生的字。春联送到县里面，有人就从字里行间发现了他的"反动思想"。这就给他埋下了祸根。

有时我就是不明白,谢先生这样一个好人,为什么落场就那么凄惨?给谢先生算过命的瞎子也给我算过一卦。他说我命骨生得好,命主星也好。算命先生的话怎么能信!命骨生得好,我的脚骨却折了;命主星生得好,两眼却看不到星了。不过,我后来细想,比起谢先生,上天对我还算是很仁慈的,我虽然瞎掉了一双眼睛,折断了一条腿,但好歹保住了一条性命。

怎么,老人家居然是一个盲人?我说,我看你刚才点三官灯,一点儿都不像个盲人呀。

老人摇了摇头。我心里嘀咕,既然他什么也看不到,点不点香烛,又有什么意义?

啊,雨像是停了,老人说,我原本要讲的是三官爷的故事,结果却讲起了谢先生,不过,在我心目中,谢先生就是三官爷。

我们转头望着檐外,雨不是停了,而是变成一片随风飘展的烟雨。老人在檐下站了片刻,就打开了雨伞,向外走。我们扶搀着他说,老人家,雨天路滑,我们送你回家吧。老人说,不必了,这条路我不晓得走过多少回啰,哪里有个坎，哪里有块石头，我心里头都有数。他走路时，身体是向一边倾斜的，看得出来，他的腿脚略微有些不灵便，若是不仔细看，跟常人也没什么异样。

老林说，我可以断定，他的故事还没讲完。

老洪说，我也可以断定，他还有一根香没插完。

我问，四根香不是都插完了？

老洪说，这位老人家应该是"三官会"的信徒，如果我猜得没错，他回家后还要在镬灶佛前插一根香。

老人的身影刚出台门，一片烟雨便飘了过来，我有一种错觉，他就是我和老洪、老麻、老林聊天时虚构出来的一个人物，我可以在另一个故事里把他移出这座老宅，移出这片烟雨。在我恍惚一下的时刻，老洪忽然追出台门，像想起什么似的唤道，老人家，请留步。老人想必是在我视线外不远处站住了。老洪又追了上去，不知跟他讲了几句什么，随后踅回，招呼我们一起送他回家。老洪在县志办担任编辑，我大致可猜到他的用意。

下坡，拐两个弯，就到了老人的家门口。盲人给我们带的路，我有一种走夜路的感觉。大门没关，外面的腰门却关着，警告鸡犬不得入内。老人打开腰门时，对门传来一声酒嗝，另一个老人从窗口伸出脑袋，隔巷递来酒杯，有客人呀，捉杯，捉杯。他又在吃寡酒，老人咕哝了一句什么，对我们说，我家可没酒，如果不嫌屋小，就喝杯白开水吧。屋子拾掇得倒也干净，有一股淡淡的霉灰气味。镬灶上有一个小小的佛龛，里面坐着一尊镬灶佛，外面有一个香炉，一个供奉干果、米鸡的盘子。镬灶旁是一个炉子，上头搁着一只犹如大肚佛般的茶壶。

老人给我们倒了四杯白开水——他不用问，就知道我们共有四人——然后又跟我们谈起了那位谢先生。

我十六岁那年读完高小，就没再念书。同一年，乡里出现霍乱，父母都去世了。谢先生说，人世间有六种极凶恶之事，一是凶短折，二是疾，三是忧，四是贫，五是恶，六是弱。这六种事，你若摊上了，就念些经文，可以安神止惊。有人问我，你没读过几年书，为什么说话也文绉绉的？我说，你们不晓得，我有好几年，都跟在谢先生身边。茶余饭后，谢先生跟我讲的大都是一些文人轶事。有一回，我们喝茶闲聊的时候，我跟他说，我是否可以跟他学作诗，他忽然变得正色起来。他说，空头文学家做不得，你已经成人了，应该学些实实在在的谋生手艺。谢先生放下喝了一半白开水的搪瓷杯子，接着说，我给你指明一条现成的谋生之道。我说，我读书不多，嘴笨，手又拙，不晓得自己还能做什么。谢先生说，你可以开一间开水房，供应开水。我说，家家都有茶壶，人人都会烧开水，我单是烧开水，能养活自己吗？谢先生说，你照做就是。不过，你烧的开水要有一个条件，水要上等。

水从哪里来？

这一带的水不行，要从远处的上游挑过来，如果嫌远，就去福田寺那边挑。福田寺旁有一口古井，井水最是甘甜，庙里的和尚平日里喝茶煮饭，都是用这口古井里的水。谢先生说。

烧水的柴火呢？

就从西塔山上捡拾，乡里的解板厂有些木屑或刨花，也可取来当柴烧。谢先生说。

烧水，要有个大镬，可我身无分文，去哪里买一口大镬？

福田寺被人捣毁了，和尚都跑了，有一口大铁镬，挺沉的，弃在荆棘丛中，没人要，你可以叫上几条壮汉，设法把它弄过来。谢先生说。

水有了，柴火有了，大铁镬也有了，事情就这样成了。起初几天，双肩被扁担压出了马鞍臼，后来那地方又隆起了一大块。日子久了，肩膀也渐渐磨得像水牛背一样厚实了。

我砍柴时会拜山神，挑水时会拜井神。走路时，我念几句谢先生教我的经文。别看我瘦小，这身子骨硬朗着呢。我可以从山上挑下一担柴火，也能从四里外的福田寺挑来满满两桶水。

有一天，我听得咔嚓一声。我以为是身上哪根骨头断了。上下摸摸，没有痛处。再看扁担，已从中间折断。我把这事说给谢先生听。谢先生说，从前有个和尚，天天给寺庙挑水，后来有一天，扁担忽然折断了，他却在咔嚓一声中悟道了。所以，你继续挑水，也会明白一些道理。谢先生读过很多书，说话总喜欢拐弯抹角。

我不明白他说的那番话，但我有一天总算明白了一个道理：用无色无味的水，也能做出有情有义的事体来。

解板厂的工人喝了我烧的开水，都不再喝自家的开水了。他们问我，为什么你烧的开水是甜的，我们的开水有点儿苦味？

我没有把实情告诉他们。

我烧水，用的是福田寺的井水，每天挑两回，从不多要。有时落雨，就接点天落水；上山捡柴火时，顺便接点岩前水。总之，我没用家门前的河水烧过开水、泡过茶。

有几个干粗活的工人常年喝我烧的开水，身上的老毛病竟奇迹般地消失了，于是就对人说，我烧的开水简直就是治病的神水。这话一传十，十传百，来我这儿买水喝的人也就多了起来。我每天供应的开水不多也不少，价格也没涨落，一年的收入大概要比摆摊卖艺略好一些。

我这人真是三句不离本行。讲着讲着，就讲到自己的老本行上去了。呃，我这就讲讲谢先生。老人说着，转身从篮子里摸出一根香，点燃，插在镬灶佛前的香炉里，照例是拜了三拜。老洪朝我们使了个眼色，露出了貌似得意的微笑。

这件事我会慢慢跟你们道来，老人像说书先生那样用悠缓的口吻说道。

要讲谢先生呀，三天三夜都讲不完。谢先生的谱名叫道晖，字味温，号观堂。谢先生经历过很多事：他留过学，学的专业是寄生虫学，曾跟随冯玉祥的部队做过军医，当过道士、居士，教过书，坐过牢，也有人说他做过和尚，其实是误解，他为了混口饭吃，一度替寺庙抄过佛经，至于留光头，是自然谢顶的缘故，并没有真的出家祝发。在我记忆中，他总是穿着一件干干净净的长衫，戴一顶学士帽，跟我们常人不一样，他遇大恐怖不惊，遇大欢喜也静定。

有一阵子，谢先生不知道去了哪里，杳无音讯。人虽不在，乡里的人还是不愿意放过他。他们听说我是他的学生，就让我在谢先生家的门口刷一句标语。他们把一桶土砾和刷子交给我。我说，我不晓得写什么。带头的人就说，就写消灭社会的寄生虫谢某某。我没法子，硬着头皮写下一行字，但我没有在土砵里拌胶，不出几天，那一行红字就被一场大雨冲刷得一干二净。

最后一回见到谢先生，是在乡里的批斗大会上。六月天色，他头戴一顶纸糊的帽子，面容益发消瘦，眼窝深陷下去，透着黑气，额际还有血污的残痕。那天的太阳佛着实有点猛，当头照着，我看见黑压压一片人头闪着青光。有个年轻人举着一面镜子对着谢先生的身子晃动着，说是要照出牛鬼蛇神的原形来。有时，那一道道光亮如同尖刀般，在他脸上来回切割。谢先生闭起了眼睛，身子瘫软在地，一身黑衣罩着，看起来就像一条在风雪中蜷缩的黑狗。有个小男孩用树枝挠了一下他的光脚板，没反应。围观的人觉着无趣，就转头走开了。

我从河埠头借了一辆板车，把谢先生拉回家去。有人掩着鼻子问，死了？我不作声。随后，我又把谢先生扛到后院，他的身子有点发硬，还散发着一股刺鼻的臭味。家中的老母早已去世，长年没人居住，有一股呛人的灰尘气。我粗粗清理了一遍床铺，让他平躺在床上，垫高头部，随即倒了一杯开水，把麦管插到他嘴里。他的舌头没动。我伸手探了探鼻息。那时是大热天，我却好像听到了冰窖里一滴水落下的声音。我的手也凉了半截。

我回到自家，烧了一镬水，打算给他清洗一遍。这可是福田寺的水，每一滴都是干净的。我按照习俗，给他擦身，前三把，后三把，然后挑了一件干爽的苎布衫给他穿上。

谢先生躺在床上，比从前似乎小了一圈。我念了一阵子经文，舌头累了，身子也乏了，就伏在床边一张布满灰土的桌子前，沉沉睡去。我醒来时，发现谢先生不见了。那一刻，我觉着他不曾来过这地方，自然也就没离开过。但我瞥见屋角那一团沾着污泥和血痕的衣物时，还是打了个寒颤。

我出了门，望着檐下的三官灯，对邻舍说，谢先生是个上间佛。邻舍不信。可我至今仍然相信谢先生就是三官爷的化身。

一炷香快要燃完了。老人背对着那炷香说。

一屋子的静。一段烟灰颤抖了一下，忽然掉落。我们都知道，老人接着还要说些什么。

这雨时断时续的，真叫烦人，老人说，小时候，谢先生给我们讲解一首叫《山雨》的古诗时，外面恰好也落着雨。他讲着讲着声调忽然变得异常低沉，他说，一个人在黑夜听雨感觉像是听瞎子在哭。那时候我不理解，落雨和瞎子在哭有什么关系，我的眼睛瞎掉之后，才慢慢明白先生说的那番话。

这话说得真好，老洪转头对诗人老林说，你应该把它记下来，写到诗里面去。

老人说，我是背时佬一个，总想跟人聊聊过去的事，说不出什么高深的话，你们也不必记了。

谢先生在这边的小学教了几年书？我问。

三年，老人伸出三根手指说，我现在明白他当年为什么会留在这里教几个童子，那是因为他还留恋自己曾经住过的家。

他有没有给你们留下什么？

一片纸都没。

老人说这话的时候喉头滚动了一下，像是有点哽咽，接着又若有所思地"看"着前方说，我们家族里出过一位教授，是我晚辈，早年间也在这边的小学念过书，做学堂息那阵子也不晓得从哪里捡到了一方石砚，偷偷藏着。他喜欢写墨字，上山下乡也一直带着它。后来他居然成了书法家，在北京一所大学里当教授。有一年，教授回老家过年，带回那方石砚，我说这石砚眼熟得很，教授就问我是否晓得观堂这个号，我说观堂就是谢味温先生的号呀。他一拍大腿说，我这石砚原来就是谢先生用过的。他把石砚翻转过来，上面明明白白地写着两个篆字：观堂。教授见多识广，我对他说，我家也有个旧物，不晓得值不值钱。我带他去看那个搁置在镶灶间的大铁镬。他看了许久说，大铁镬内壁刻有铭文，可以断定是宋代铸造的大镬。我的娘哎，那时我就想，这可是不寻常的文物。没多久，文物馆的人果然就来了，说是要拉到文物馆去。我跟大铁镬相伴几十年，也有了感情。送走它之前，我就像第一回见到它时一样，给它细细擦洗了一遍。

听到这里，我的脑子就浮现出一个乌黑发亮的大铁镬来，它在一个阴暗的屋角安放着，如同一块沉默的石头。

老人喝了一口水，又接着说，后来，福田寺募缘重建，文物馆的人又把大铁镬送了过去，在一座亭子里摆放着。一位馆里面的老先生跟我说，你以为这大铁镬真是和尚用来做饭炒菜的？它可是大有来头。福田寺是坐西北向东南，对面有一座山，叫火焰山，从风水格局来看，是有冲煞的，因此，建庙之初，就铸了这口大铁镬作为厌胜的宝物。破四旧那阵子，大铁镬移走了，这座千年古刹居然就莫名其妙地毁于一场大火，有人说是一个疯头陀烧掉的，有人说是天火烧。总之，它是毁掉了。听他这么一说，我就想，我的罪过大了。可是，它移走了之后，我就接连碰到了倒霉事。我瞎掉了一双眼睛，后来又折断了一条腿。摊上这样的事，想来也是罪有应得。不过，眼睛瞎了，心里却亮堂了许多。

没了大铁镬，你怎么烧开水？

打那以后，我就不再卖开水了。我这日子过得也算安耽。再说，不久以后，乡里装了自来水，有了电茶壶，也没人愿意到我这里买水了。有一年，我手头闲着，打算在巷弄口的路廊里摆长茶，摆了几天，也不见人来喝，那年头乡里人都忙着办厂，谁还有闲工夫喝茶？不过，我每天还是用福田寺的井水给自己烧一壶。

你家门口堆积着那么多柴火，怕是二三十年也烧不完。

都是早些年从山上或解板厂捡来的废弃木头。

是桉树的木头？

对，我家附近的桉树早被人砍伐得一干二净，那一片地方建起了水泥房工厂。河流呢，这里的人对它好像从来没有停止过折腾，从前沿岸种满的桉树，让河水变了味，现在工厂里的污水排放到河里头，散发着一股更浓的臭味。可它毕竟是一条河流呀。

老人这样说着，打开窗子。从窗口望出去，就是一条河流。他虽然什么也看不见，但还是做出"看"的样子。

我已经看不见这条河了，只能听见河水流淌的声音，他说，我睡下的时候，河水在流淌，我醒来的时候，河水还在流呀流的。河比人活得长。在我出生之前，这条河就已经在这里了，在我死后，这条河还会在这里，还会日夜流呀流的。

老人说话的时候，我似乎还能听到一条河流在静静地流淌。那是从前的河流。

我们出来时，门外的雨已融入暮色，看起来只是一团饱含水汽的烟雾。远山浮在高低错落的楼房之上，仿佛随时都会飘走。我们出了巷口，站在一家小卖店的屋檐下，等待着一辆出租车。出租车迟迟没到。老洪在抽烟，老麻在抽烟，老林在抽烟。我在烟雨迷蒙里还是有一种恍惚的感觉。车在雨雾中缓缓驶来。我坐在车里，望着前头黏糊糊的流动的车灯，感觉自己正从某个故事发生的地方一点点抽离出来。

过了很长一阵子，我以为，老人和他讲的那些故事早已被我淡忘了，但今天，却莫名其妙地从脑子里浮现出来。

我要说的是，这个故事，是我在雨天听来的，今天恰好也落雨，于是就想跟身边的人说点什么了。

门外的青山

一

顾老师来自北方。梅老师来自南方的南方。顾老师的一把伞从北方带到南方,雨也跟着从北方下到南方。顾老师把伞合拢,放在早溪小学教工宿舍 203 室门口那一刻,雨收住了。

顾老师刚来那阵子,学校里的老师(主要是女老师)就嘀咕开了。他们谈论顾老师时不称顾老师,而是称城里来的人。

这个城里来的人的确有点与众不同。他的爱好就是把铅笔削得很尖,把胡线修得无比柔和,天气好的时候,他会把皮鞋擦得锃亮,然后放在二楼的窗口晾晒。

她们说城里人不可靠。为什么不可靠?因为城里人穿着油光发亮的皮鞋。在她们眼里,皮鞋油光发亮的男人是不可靠的。顾老师经常擦皮鞋，即是不牢靠的一种表现。

顾老师有城里人的派头，让人亲近不得。他喜欢独自一人，坐在灯下看书，享受一种教人充实的寂寞。有时候，他也会给远方的朋友写点什么。一行行字，细细斜斜的，仿佛会在夜晚沙沙作响。

顾老师还喜欢散步，在溪边、田头，或是山村小径。所至之处，小镇上的人都会跟他打个招呼。谁都知道，顾老师是从城里来的，讲一口标准的普通话。小镇上的人也是用普通话向他问候。顾老师几乎把整个小镇可以通行的地方都走了一遍。他惊讶地发现，但凡有路的地方都会有茅坑。小镇至今还保留着一些男女有别的古老的习俗，比如男人种茶女人采茶，比如男人祭灶女人拜月，但这里的茅坑是一律不分男女的。也有讲究一点的，仅隔一块木板。那些妇人坐在茅坑上，可以大大咧咧地与往来行人打招呼。有一回，顾老师带上了自己的海鸥牌相机，经过茅坑，瞥见一株乌桕树从石墙后伸出，爱其野趣，随即按下快门拍了一张。咔嚓一声过后，他听得一个妇人的声音：谁呀？顾老师红着脸走过去，打招呼不是，不打招呼也不是。妇人兀自坐着，神闲气定，像一只田头的青蛙。顾老师顿然觉着，这一幕也算是小镇的一大景观了，真应该拍下来。

顾老师当然教语文。他教书的方法跟别的老师大不相同。他那一套别人也学不来。学生们都喜欢上顾老师的课。顾老师不主张考试，他说，书本上的知识本来就很无趣，考书本上的知识就更无趣了。但他也没反对过学校的月考。顾老师监考时喜欢捧一本闲书坐在那里，每隔二十分钟就走一个来回，然后回到讲台，继续低头看书。那样子有点像戏文里的诸葛亮，也不管千军万马杀至城下，他就坐在城头抚琴，唱着"我本是卧龙岗散淡的人"。

有人给校长打小报告，说顾老师不按教材给学生上课，分明是要误人子弟。校长却说，顾老师的水平在我们所有人之上，他怎么教我们都没资格评论。校长姓李，长着一部大胡子，大家都称他"大胡子校长"。这些话从他浓黑胡子包围的嘴里面吐出，似乎带有长者的淳厚。打那以后，就没有人在校长面前议论顾老师的是非了。

每天早读课，顾老师都会让学生们背一首古诗，然后讲一个古代诗人的故事。诗是随机写在黑板上的，故事也是随口道来的。有一回，他看见梅老师从门前经过，道了声"早"，就在黑板上抄写了一首张谓的《早梅》。写到"不知近水花先发，疑是经冬雪未销"时，他问，你们知道这诗是什么意思吗？底下的学生摇头说"不晓得"，唯有坐在前排的阿全说，我觉着那个叫张谓的诗人是个近视眼。顾老师摸了摸阿全的脑袋说，你说的也有几分道理。阿全举手说，老师，我是胡说八道的。顾老师说，古人写诗，有时候也常常喜欢胡说八道，你们自然也可以胡说八道，怎么好玩，就怎么去理解。有位同学站起来说，老师，我也觉着阿全完全是胡说八道的，你不应该因为他爹是副校长就由着他胡说八道。顾老师说，阿全刚才说的一番话，跟他爹是谁毫无关系。但学生们还是拍打着桌板发出起哄的声音，并且开始以诗的名义胡说八道。等他们平静下来之后，顾老师就很有耐心地举例告诉他们：这个"胡说八道"跟那个"胡说八道"是不同的，就像天寒时跺脚跟生气时跺脚也是不同的。

小镇的春天说来就来。草返青，枝条抽绿。一阵风对心思的扰动，年轻人总能最先感知。早溪小学的青年教师们开始相约结伴外出踏青。此行，梅老师的一举一动——她总是那么斯斯文文地说话、走路——受到了男老师们的关注。可女老师们都说，城里人不知有多矫情，连赤脚走在泥土上都不敢，连一只蜜蜂都害怕。

跟男老师们相反的是，女老师们喜欢跟顾老师说话。而顾老师说起话来口吻总是那么清淡（甚至不乏冷淡）。在食堂吃晚饭的时候，一位女老师坐到了顾老师身边，跟他说起一些七七八八的事，但顾老师只对盘子里的东西感兴趣。那位女老师讨个没趣，只好草草收拾饭盒离开了。

女老师们见识了顾老师的冷淡风格之后，对梅老师和天气忽然有了莫名的怨怼。因此，顾老师就会在雨天里听到她们恨恨地说：这样的天气，真是愁死人的。

梅老师打伞过来报到那一天，顾老师就嗅到了她身上那股南方的烟雨的气息。而她的影子落入心底里，有些飘忽。此后，每每清晨醒来的时候，身体里面有那么一个地方总会动一下，像是被一只鸟唤醒的。有一晚，他在睡梦中似乎听到了什么声音，突然惊醒，看到了满窗子的月光。坐起来，也没什么事可做。睡意全无。有一只猫在不停地叫着。春天来了，温润的空气里仿佛有什么东西正在悄悄蠕动。四下里很安静。听猫叫春，一声比一声紧。他向窗外张望了一眼，不见猫，只见月亮，蹲在瓦背。他又恍惚觉得是今晚的月亮唤醒了他。

这是一九八三年的春天。

早溪小学的老师们发现：一双从方口圆口黑色布鞋绿色胶鞋中突围出来的皮鞋，最终还是遭到了另一双皮鞋的堵截。

梅老师的追求者中间有一位是镇长的儿子。镇长的儿子不仅皮鞋乌黑发亮，头发也是乌黑发亮的。于是乎，早溪小学的老师们开始拿顾老师跟镇长的儿子做比较，甚至会比较谁的鞋子更亮一些。

镇长的儿子长着厚嘴唇，看上去像两根香肠。但阙老师有这样一种说法：嘴唇厚的男人厚道，嘴唇薄的女人刻薄。这些说法也没什么根据，但阙老师既然说了，就是根据。

镇长的儿子叫王图强，在镇上的供销社里上班。供销社里面也有一个叫王图强的人。这个王图强对那个王图强说，你可以保留王姓，但得改名。那个王图强说，我的年纪比你大一轮，凭什么要让我改名？这个王图强就说，你如果不改名，你就没法在这里站稳脚跟。没过多久，那人在供销社里果然就站不住脚了。镇长的儿子王图强后来这样对人说，他的脚没问题，但就是站不住，你们应该知道他为什么站不住。

这个镇上只有一个人叫王图强。如果他喜欢一个女人，也不允许别人打她的主意。但他那晚来到梅老师的宿舍时，发现顾老师已抢先坐在那里。杯子里的水已少了一半。

梅老师有两把椅子，正好可以坐两个人。一把椅子上坐着顾老师，一把椅子上坐着王图强。王图强、顾老师、梅老师构成了一个令人有些不安的等腰三角形。顾老师在那里坐了十几分钟，就感到身上发颤，退了出去。

他把双手插进口袋，松开双肩，站在一棵树下，显示出很有涵养的样子。

小时候，有一年冬天，下了雪，父亲让他站在雪地里背

《湖心亭看雪》。他背完之后,把双手插在口袋里,也跟现在一个模样。

本校发生了一件事。

大胡子校长坐在椅子上跟人聊天时忽然滑落。顾老师一众想把他扶起来,坐到椅子上,但他的两腿已经僵直了。椅子上尚有太阳的余温,但大胡子的身体在那一瞬间就变得冰凉了。两个月前,大胡子校长独自一人拖着病体去上海看病,然后又带着一身药气回来。人们问他病况时,他总是这样回答:没有什么事了,养一阵子就能好转了。谁承想,没过多久,说走就走了。他是外乡人,没有妻儿,也没有亲人在侧。于顾老师而言,大胡子校长算得上是父执。他从前叫他大胡子叔叔。大胡子叔叔把他从大老远的北方招过来,仿佛就是为了送别的。

在大胡子校长的葬礼上,几位年长的老师们谈起了他的一些逸事。他们说,他的胡子每天要洗两遍,不能梳,一梳就掉,只能用手捋。大胡子校长不仅敬惜字纸,而且对胡子也多自珍,他有一个盒子就是存放自己掉落的胡子的。又说,泥塑师傅当年给城隍庙塑城隍爷像就是暗地里拿大胡子校长作模特,大胡子校长跑过去看泥稿,果然有几分像,就把那些存放已久的胡子敬献给城隍爷。年轻的老师们听了,都不停地擦着眼睛，直到眼睛里掉出了泪水。

就在大家纷纷陷入悲恸的时刻，顾老师从帆布包里掏出了一大包奶糖。他说，这些奶糖是大胡子校长从上海看病后顺便买了带回来的。

大家都知道，大胡子校长喜欢吃甜食，养病时一边吃苦药，一边吃奶糖。药吃得差不多了，奶糖还剩一大包，仿佛他早已料到自己没口福继续享用了，索性就留给大家分享。老师们一边流着泪，一边吃糖。他们还从来不曾在谁的葬礼上吃过糖。

不过，顾老师偷偷塞给梅老师的是一颗酒心糖。梅老师把糖放进了口袋。顾老师说，你吃啊。梅老师说，舍不得吃。为什么？它太美了，美得让人不忍心吃掉它。

老师们吃着糖，把大胡子校长送到了后山的一块墓地。有人说，大胡子校长真是活得洒脱，死得洒脱，居然给自己办了一场甜蜜的葬礼。

送葬归来，阙老师却在暗地里说，顾老师请大家吃糖，难保不是笼络人心，想接替大胡子当校长。这话传到顾老师的耳中，他也只是淡淡一笑。他让传话的人继续传话，说他只是早溪镇的过客，迟早要走的。

给大胡子校长送葬那天，顾老师就看中了山中的一株梅树。某个天气晴朗的日子,他把那株梅树从山中移了下来,种在宿舍楼下的天井里。

晚饭过后,梅老师经过楼下的天井,问他,你为什么会想到在这儿种下一株梅树?顾老师说,跟一个人有关。梅老师说,我明白你的意思了。顾老师又接着说,从前,我父亲的书房前有一株古梅,因此他的书房就叫梅花书屋。梅老师说,原来是这样啊……除此之外,就没有别的意思?顾老师说,你明白我的意思就好了。梅老师说,还是说说你的父亲吧。

顾老师说,他父亲也是一位中学校长。

父亲的眼镜下面有一个冰冷的鼻子。背,父亲说,整整两周,你还是没背会一篇《前出师表》。他咬着嘴唇说,我不背。为什么不背?不想背。为什么不想背?没有为什么。你跟诸葛亮有仇?没仇。父亲仰天长叹一声,你出去,在外面站到天黑。外面下着雨。他就站在屋檐下。他怒视每一滴雨。但他跟雨也没什么仇。雨越下越大,越下越黑。有几个戴红袖章的人也不打声招呼就进了屋子。黑洞洞的屋子里传出他们呵斥的声音。父亲一直没吭声。有人问他,听说你父亲已经把书都烧了,你看见了吗?他摇了摇头。那人弯下腰来问,你知道他那些书藏在哪里吗?他再次摇头。那人说,你知道什么是毒草吗?你父亲那些书里面就有很多思想的毒草，我们可以帮他一起拔除毒草。拔完了，他就没事了。他听了这话，抬起手，指了指学校后面一个放置木柴的仓库。随后，他们带走了父亲，封掉了那座仓库。他隐隐约约知道接下来要发生什么事。翌日放晴，父亲的书被人成车成车地拉走。书都搬完了，那些人就把父亲关在那个仓库里。他知道自己闯了大祸，心里有些不安。他时常会蹑手蹑脚地来到仓库后面的一扇大窗边，透过窗缝，窥探里面的动静。有人进来，不停地跟父亲说话。这个说完之后，又有另一个人进来说话。如此循环不已。但父亲依旧没有说一句话。后来，父亲被人带走，打进了"牛棚"。据说他割过腕，但刀太钝，竟没割成，被另一个同为"黑五类"的医生救了。两年后，父亲总算捡回了一条命，从此闭门不出，大部分时间就躺在床上，不问外面的阴晴，也无须别人关注他的死活。平日里，父亲总是背对他吃饭，背对着他说话。他把汤药送到床前，父亲也会转过身去，背对着他……

他重提往事的口吻就像是跟过去的自己对话，说到后面就有些哽咽了。

我没想过要出卖我父亲，他说，我以为我把那些话说出来，他们就会放过我父亲了。

那个年代出卖一个人是一件十分容易的事。

出卖一个人是一件十分容易的事，但获得宽恕却不是一件容易的事。父亲卧病期间,我一直试图设法修复我们之间的裂痕。我记得自己在他床前背诵诗文的时候,偶或背错,他的脑袋就会从蚊帐后面探出来,紧接着,一双眼睛就会从眼镜后面探出来,默默地看着我……父亲最终还是宽恕了我,可我还是无法宽恕自己。

唉——她叹了一口气。

唉——他也叹了一口气。

梅老师走后,顾老师依旧沉浸在突然翻涌出来的情绪里。顾老师常常会想起父亲。想念的时候,他就会点燃一支烟,默默地抽着。那一刻,内心深处仿佛也盘着一团柔软的青烟。

有一天晚上,梅老师忽然来到他的宿舍门口,说是要借一本上午提及的电影杂志。进来吗?他问。不。她倚在门口,没有脱鞋进来的意思。即便如此,他也能感觉到她离他又近了一些。他在门内,她在门外,谈话的声音在过道中传开,也没有惊动什么。她借到了那本电影杂志,跟他相对站立了十几秒,就走了。他把她送到走廊尽头,望了一眼初升的上弦月,道了声"晚安"。

回到房间,他打开抽屉,取出一个蓝色的盒子,上面写着"双蝶牌"三字,一角还写着,某某乳胶厂出品,十只装,直径33毫米。长这么大,他还没使用过它,但他一直谨记过来人的教导：使用之前得吹一口气，看看是否有漏；用完之后，用水清洗一遍，晒干，撒上滑石粉（以免橡胶粘连），下次还可以重复使用。如此等等。

夏天到了，当妇人白皙的手臂晃过街头，满街的树便绿得更欢了。但这里的人们依旧会提防那些不可靠的外来的东西，比如来源不明的香水、擦得锃亮的皮鞋、来自港台的靡靡之音、北门阿华的蛤蟆镜。

这个夏季，早溪小学唯有二三事可以说道。一件事是，阙老师由副校长转为正校长，镇长从县里开会回来，把聘任证书送到了他手中。另一件事是，台风就要来临，住校老师担心后山的水库垮塌，准备临时转移到镇上平旷地带的民房。

傍午时分，一辆摩托车就停在女教工宿舍楼下。谁都知道，这是镇长的儿子王图强的坐骑。顾老师去开水房打开水时，远远瞥见王图强扛着梅老师的铺盖飞快下楼，他的头发和衣服都湿透了，那样子像是刚刚从河对岸游过来，在岸边驻足片刻，然后呢，随时都会返身入水，默默地游回去。他第二回上楼，带下来的是梅老师的行李箱。他用绳子把行李箱与铺盖捆绑在摩托车后座之后，就跟二楼的梅老师挥一挥手，道一声"我马上就回来"，然后发动引擎，扬长而去。几位老师看着车后双出排气管喷出的蓝烟,就把目光转向了顾老师。顾老师则把头偏向一隅,装作什么也没看见。边上有人提醒说,顾老师,你都打了三次开水了。

王图强第二次骑着摩托车呼啸着回来时,梅老师就坐上了车子的后座。那些正在一边打点行李的老师先是目送梅老师远去,然后再次把目光落在顾老师身上,让他隐隐有些不自在。台风来袭前夕,住校老师差不多都已经找到了借宿的去处。顾老师没有打算离开,只是低头看两行蚂蚁在台阶上爬行。

风有点大起来了,那些走廊上晾晒的衣裳迎风招展猎猎作响,仿佛骑摩托车的人在风中飞驰时衣裳朝后飘举。宿舍楼里开始出现了小小的慌乱。

真见鬼,我的裙子怎么不见了,是不是被风刮走了?后面那栋楼里的一位女同事叫嚷着。

真见鬼,我的衣裳也不见了,是不是那个变态佬又偷偷摸摸进来了?另一位女同事也接着嚷起来。

真见鬼,真见鬼,顾老师低声重复着他们的话,总有一天你们真的会见到鬼的。

到了夜晚,风声在空旷的地方呜呜作响,操场上的篮球架发出吱吱的声音,仿佛随时会拔地而起。及至深夜,墨黑的天地间唯有风声。他在北方从未见识过如此猛烈的风。整栋老房子好似被一阵风吹到了海上，隔着床板，也能感受到海浪的涌动。教工宿舍三面是墙，一面是门窗，正对着走廊。台风回南的时候，门窗即便紧闭，风也能透进来。顾老师躺在床上，平静地想，很多事也是这样，不知从哪里传了出去，又不知从哪里传了过来。

台风过后，梅老师也跟那些临时转移安置的老师一样，大包扛小包拎地返回学校。不过，眼尖的人却发现她新添了一件白色连衣裙。有关夏季台风与白色连衣裙的话题似乎可以让他们谈论三天时间。

有人说，王图强已经把梅老师弄到手了。也有人说，梅老师就要跟王图强订婚了。这些消息都是阙老师散布出去的。但没过多久，镇上又传来消息说，镇长的儿子去了省城。但王图强临行前撂下了一句狠话：在我回来之前，谁也别想动我的女人。

你听听，阙校长说，王图强都说梅老师是他的女人了。

顾老师不去管那些闲话。他依然坐在走廊上有阳光的地方擦他的皮鞋。有人故意提高声音，把一些闲话说给他听，他就起身走开了。有些隔墙听到的话要隔好些天才能明白。有一天傍晚，他走在早溪街上，想起那天夜晚听到的一些闲话，忽然在人群中觉出了孤单。

梅老师从来没有跟人提起王图强，仿佛她原本就不认得他。那天饭后，她来到顾老师的宿舍。顾老师故意让门敞开着，以示二人关系清白。话说回来，倘使哪天他们把门关上了，人们就明白是怎么一回事了。从顾老师门口经过的人，也只是明明白白地咳嗽一声，以示礼貌。顾老师与梅老师之间，始终隔着这样一些人、这样一些薄薄的墙壁、这样一些耳朵和嘴。

聊点什么？他想了想。他们在学校食堂里似乎有聊不完的话，但彼此独处时反倒不知道该说什么好了。其实他一直想问她，台风过境前后三天她在校外居住，究竟跟那个王图强之间发生了什么。一句滚到喉咙间的话，在那一瞬间又缩了回去。他知道，这些话说出来就难免煞风景了。

她的目光停留在墙上垂挂的一根绳子上。我很好奇，她问，你为什么会在墙上挂一根绳子？

这是我从老家带来的。

用于什么？

平常就用来捆绑东西，跟农民在墙上挂一顶草帽没什么区别。

于是，他们就从这根绳子谈到了各自的老家，谈到了南方与北方的差异。顾老师感觉她身上埋藏着一个秘密，也许在眉梢眼角，也许就在皮肤底下隐隐透出的蓝色筋脉里。他喜欢看她捋头发的样子。他甚至猜想，她生活在南方以南的城市，气候温热，捋头发的习惯大概是自小养成的。她那微微上翘的手指间依稀带着南方的阳光和汗水，以及荔枝的甜味。

时间不早了（其实时间还早得很）。她说。她退到门边，脚步仍迟疑不去。她在门框内背光站着简直就是一幅画。当她弯腰去系凉鞋襻扣的一瞬间，顾老师就在门外的青山与梅老师之间，忽而引发了抛物线状的联想。

我走了。梅老师来到骑楼的走廊上。他把她送到走廊尽头的楼梯口，道一声：好走。然后，他重重地咳嗽一声，回到宿舍，关上了门。

这栋楼是藏不住什么事的。即便是哪间房子出了一只蟑螂，整栋楼的人也会知道，之后便是地板上传来到处翻找、拍打的一片繁响。有时候，一句话出来，也会有这种"蟑螂效应"。

在一次闲谈中，隔壁老符说，顾老师其实是一个很讲规矩的人。顾老师说，我的规矩是我父亲传给我的。小时候，父亲教会我做人的规矩。可是，我长大后太讲规矩了，父亲反倒看不惯了。我若是在家立着，他就说，手抄着，跟先生一样——先生，就是指那些讲台上的老师。我若是坐着，他就说，老坐着不动，跟佛一样——要知道，佛堂里的佛大都是坐着的。

同事们在很多次聊天场合中听他提及父亲。他的父亲是什么样的人物他们一点儿都不感兴趣，但他们对顾老师、梅老师以及王图强之间的微妙关系充满了好奇。

风招致的闲话会被风吹散。顾老师倒也不在乎什么。可隔壁老符不是这么想的。有一天傍晚，老符拎着一瓶二锅头酒过来。他还带来了一个消息：镇长的儿子王图强骑摩托车时摔断了一条腿。他是本镇第三位骑上摩托车的人，前面两位都已经摔死了，他命硬，从山路上摔下来，挂在一棵树上，然后又掉下来，只是断了腿骨。王图强毕竟是好面子的，他怕镇上的人笑话，就住到了市里面的医院，但他家人对外依然宣称是去省城出公差。顾老师听了这个消息，只是淡淡地说一声：他是他，我是我，咱们往后不提这事儿。

老符把二锅头酒放在桌子上说，你们北方人喜欢喝这个，可我们南方人就是喝不惯。有下酒菜吗？今天闲着也是闲着，不如喝上一杯。顾老师说，下酒菜倒是有一点，不过，酒这东西，我已经有七八年没沾了。老符说，你年纪轻轻，正是谈恋爱的好时节，如果不沾点酒，难保人家不会疑心你身上哪个地方出了问题。顾老师从一个铁盒子里取出几枚果脯和牛肉焙片，摆在桌子上的小碟子里说，既然你要喝，我只能奉陪饮上一浅杯。说着，又摆上两个玻璃杯子。

老符贪杯，一口气喝掉了三四两酒，顾老师只是浅尝辄止。老符兴头来了，就跟顾老师谈起梅老师，大有撮合他们的意思。老符说，我暗地里观察你们已经很久了。你们都是大胡子招来的老师，一个来自北方，一个来自南方，可是，我发现你们身上有一个很相似的地方。我所说的相似倒不是说你们都来自大城市，而是……我也说不清楚，总之，我是觉着你们身上有那么一种相似的气息。

这一点，我也能感受得到。

恕我冒昧地说一句，大胡子当年把你们从老远的地方招过来，不能说没有一点用意吧。

我一直把他当长辈看待，也没揣测他的用意。

既然你知道她对你是有点意思的，你为什么就不主动一点？

我该怎么做？

这方面，你得自己动点脑子了。

我现在脑子糊涂得很，不想动脑子。

老符把一瓶没喝完的酒塞到他怀里说，用上这个，准能搞定。

在这里？连一只蟑螂翻个身的动作左邻右舍都能知道。

知道我当年是怎样搞定我老婆的吗？我第一次跟她约会，就把她带到山上，我故意迷了路，让她着慌。她越是惊慌，就越是依着我。到了天黑时分，我就把她带到一座废弃的林场。那里有一座圆形草屋，本地人称作草团瓢。我向她表白：我其实晓得山路怎么走，这么做只是想拖延跟她单独相处的时间。她听了，也没反对。我们就坐在那里静静地看月亮。人嘛，年轻的时候喜欢在月亮下聊天，老了喜欢在太阳底下晒暖。你说是不是？

老符喝下半斤酒，嗓门也仿佛高了半截。少顷，他的老伴闻声过来。死人，老伴揪着他的后领骂道，你一喝酒就跟人提陈年旧事，你羞不羞？

老符被老伴拉出门后，又把脑袋伸进去，压低声音说，顾老师，那边的梅老师就等你一句话了。

二

顾老师约过梅老师吗？当然约过。

有一天，他意识到，自己应该在镜子前花点时间了。他小心翼翼地修了一遍浓密的唇髭，刷了两次牙，洗了三回脸，花了十分钟时间把指甲修剪得平整而光滑。然后，找出了那件散发着卫生球气味的白色的确良衬衫，穿上了那双锃亮的皮鞋。

顾老师放大胆子悄悄走近了梅老师的宿舍。他轻轻地敲了一下门，忽然又抽回手指，停在半空，仿佛那扇门是一个棋盘，他正举棋不定。他鼓足勇气想敲第二下时，门忽然开了。顾老师站在她面前，发出了郑重的邀请：我能邀请你到外面呼吸新鲜空气吗？梅老师似乎有些不解：在自家门口呼吸空气和到外面呼吸空气究竟有什么不同？她怔了一下，突然用爽朗的笑声接受了他的邀请。

出校门，沿溪行，水声潺潺，移步间也能略觉绿意的流动。进山愈深，绿意愈浓，凝固成一团。与草木接近的石头都染上了一层绿色，与草木接近的人，比如梅老师，即便穿白衣裳，也仿佛透出绿意来了。

山路平整，简直无法给他制造一种手拉手的借口。他们站在山坡上，西斜的太阳照着一株古樟树。

你看，他指着那树下的墓地说，大胡子校长在这里长眠，多安静哪。

大胡子校长死之前在后山给自己相中一块吉地。墓前的一株古樟树，大约有两抱粗。这里的人信奉樟树娘娘，少不得春秋祭祀。平日里，念经锄地的人经过古樟树下，也会双手合十拜上一拜。

他们站定，对着那株古樟树拜了一拜。灰蒙蒙的远山就像是一段回忆，在暮色里。

穿过人迹罕至的林中小径，那里有一方池塘。池塘里随处可见沤烂的茭蒲。他选择这么一个幽静的地方，仅仅是为了免受外人惊扰,而不是给自己制造一个可乘之机。帆布包里有一瓶喝剩的二锅头,但他始终不敢掏出来。在此之前,经过与老符的探讨,顾老师总结出了对付女人的三个法子——第一个法子是,先让自己喝一点酒,然后选择适当的时刻向对方表露心迹,因为书本上说过"求爱者酒醉之后结结巴巴说出的出格话语和略带放肆的行为,都会被对方认为是多饮所致";第二个法子也是照搬书本的:先给对方念一首诗,然后再用美酒灌醉她(这一点颇像死神所为:先攫取人的灵魂,再攫取人的肉体);第三个法子是要带点风险的:让双方都喝得一塌糊涂,即便什么也没做,次日醒来之际,也要用抱歉的口吻说"真对不起,昨晚我们都有点失控了"之类的话(天知道,女人很可能会把"失控"理解为"失身")。这三个法子都有一个相同的特点,那就是都以酒作为诱饵。然而在顾老师的想象中,能摸一下梅老师的手就已经是想象力的极限了。他没有再往下想,他认为那是流氓的邪念,是必须予以铲除的。他,顾老师,存心厚道,目标纯正,总有一天他将以正当的手段赢得梅老师的芳心。

顾老师和梅老师坐在池塘边一块光滑的石头上。她的脸上有一层淡淡的腮红,仿佛尚未消褪的霞光凝结在近乎透明的肌肤表面。他伸出的手又收了回来,尽量避免过于唐突的动作给双方带来尴尬的状态。该说点什么了。他悄悄地提醒自己：跟异性独处，不必装扮崇高，得说些傻话。但那几句话要赶在沉默之后慢吞吞地到来。

沉默的时间一长，她那满含期待的目光就渐渐变得迷乱了：说吧，你带我到这里，难道真的仅仅是为了呼吸新鲜的空气？

我……

嘿，你的衬衫真够白。

我……

她忽然笑了起来。她的笑声粉碎了他的全部勇气。

我想跟你谈谈灵魂和肉身的事。

这个话题恐怕有点儿沉重。

我的意思是，这肉身不是我的。

我越发听不明白了，感觉你这时候特像一个哲学家或诗人。

不，这是真的。我在七年前就已经死了。你还记得我房间里挂着的那根绳子吗？唔，我就是用那根绳子上吊自杀的。我死后三天，魂魄未散，大胡子校长——你也知道，当年他还只是一位四处云游的道士——请来了一位法术高明的老道，给我找了这样一具肉身，把我的灵魂安放进去。我跟它打了多年交道，现在才算是有了点默契。他停顿了一下，把目光投向远方，又接着说，在我家乡也有这么一座山，如果我没死,现在也许就站在那座山上朝某个方向眺望,也许还会想一些死后的事儿。但我是死了,真的死了。我那死去的肉身就躺在北方的一座山里,而我的灵魂却来到了南方。

感觉你在念一首诗。

知道我为什么会把胡子修得这么齐整、把皮鞋擦得这么锃亮吗?因为我是借用别人的肉身,我得善待它。

你的肉身又是谁的?

是一位木器厂工人的。这世上,有些人的肉身活着,却不需要灵魂。有些人的肉身死了,灵魂还在,需要一具可以存放的肉身。

你为什么会告诉我这些?

因为你身上有着一种跟我相同的气息,从你第一天过来报到的时候我就感觉出来了。

他们都不说话。仿佛灵魂已经飘出身体,在远处相携游荡。从这里望出去,小镇可以尽收眼底。东西两条小溪环护小镇,在远处汇流成一条大河。此刻,落日下流动的河、行走的人们,正一点点变得黯淡。

天色都暗下来了,我们回去吧。她说。

难得一起出来走一圈,还是再坐一会儿吧。

他们在静默中并肩坐着。山下每点亮的一盏灯,他都会用手指轻轻点一下,仿佛那些灯火都是他用手指点亮的。他喜欢这个小镇的低矮屋舍透出的橘黄色灯光。

少顷,这座山仿佛是朝黑暗中骤然一缩,把他们吸了进去。在同一个瞬间,他明显感到有一种令四肢放松的寂静在夜色中缓缓扩散开来。池塘表面铺着一层碎银般的月光,水吐鱼沫,发出极其幽细的声响。草丛间传来断断续续的虫鸣。

你的手是冰凉的。

你的手也是。

他打了个冷颤。月亮在水面微微晃动。顾老师觉得,他唯有在眼前这片熠熠生辉的唇上亲吻一下,方不辜负今晚这么好的月色。

两人相拥的那一刻,两颗灵魂也在黑暗中一并交缠了。对顾老师来说,身体就是一件借来的衣裳,现在似乎可以脱掉了。

砰!黑暗中,有人朝这边的池塘投来一颗石子,一群鸟忽地拍翅飞出。顾老师看到有一颗脑袋从芭蕉叶间探出,朝这边张望了一下,又缩了回去。肥大的芭蕉叶迅速覆盖了那人的身体。

谁?

不知道,真是见鬼。

三

真是见鬼。阿全学这话时,忍不住要发笑。

我看到了,真的。

阿全说他看到了。阿全说他的狗也看到了。

中午放学,阙校长看见阿全正躲在屋角偷偷地吮着麦芽糖,喊了一声:阿全,你过来。阿全怔了一下,赶紧把嘴里那一块囫囵吞下,双手藏在身后,紧紧地攥住另一块。把嘴张开。阙校长命令道。不张。阿全说。话刚说完,一条口水蜿蜒着从他嘴角流淌下来,黏糊糊的,像蛛丝那样垂挂着,如果不是他用手指揩掉,蛛丝会一直垂到他的脚跟。阿全贪甜,吃了太多的甜食之后,几颗牙齿差不多都蛀掉了,也就是本镇人常说的那种"茅坑板"。阙校长看着阿全那虫子一样蠕动的嘴皮子说,让我看看你那颗摆动的蛀牙。阿全捂住腮帮说,我上火了,今天不能拔。阙校长说,你都上火了,怎么还偷吃?阿全的喉咙发出咕噜一声之后,张开嘴说,我没吃糖呀。阙校长没有生气,反倒露出了笑容说,把手伸出来。阿全赶紧把手中那块糖粘在屁股上,用衣裳遮着,然后伸出十根黑乎乎的手指理直气壮地说,我没偷吃,我真的没有偷吃。阙校长还是笑眯眯地说,你把双手并拢。阿全把双手并拢。阙校长又说,你现在把双手分开。阿全分开双手时,手掌上竟粘着几缕蚕丝般的糖油。阿全垂着头,等待挨骂。这一回,阙校长的脾气竟出奇地好,脸上始终挂着一种捉摸不透的笑容。阙校长把阿全拉到一边,凑到他耳边嘀咕了几句。阿全先是摇了摇头,随即又点了点头。阙校长像委以重任那样,拍着他的肩膀说,你多留个心眼,打听到什么消息就立马向阿爹报告,晓得不?阿全伸出手说,你叫我当特务也行,但你得给我几毛钱。阙校长在阿全的鼻子上刮了一下说,臭小子,屁大的年纪就跟阿爹谈条件了,你刚才买糖的钱是从哪里来的?阿全没吭声。阙校长说,那天给你钱叫你去打酱油醋,你是不是贪污了几毛钱?这次不骂你,现在就是你将功补过的好时机,你听明白了吗?阿全呲着满嘴豁牙嘿嘿笑着。

某个秋日的午后,在一片青黄不匀的操场上,阿全带着一群同学围着自家的小黄狗玩,把狗玩得没有一点脾气,只好呜咽着跪地哀求。阙校长急吼吼地跑过来问,你们怎么没上课?孩子们齐声答道,顾老师出事了。

出了什么事?

被警察叔叔带走了。

为什么被警察带走了?

镇长的儿子叫警察来带走他的。

唔，梅老师呢？

也跟着过去了。

四

一九八三年国庆节前夕，镇上的公判大会在早溪小学的操场上开展。全校的老师都看到了顾老师，夹杂在几个铁尺帮、码头帮的头目中间，整个人比早前显得更瘦弱，脑袋垂挂着，仿佛随时都会掉落在地；脖子上挂着一个纸牌，上书：强奸犯。审判员念到他的名字时，他微微抬了一下眼，在太阳底下闪出两道白光来。王图强站在台下，忽然脱下了自己的皮鞋，向顾老师扔去。皮鞋是擦过鞋油的，在阳光下乌黑发亮。蓝黑灰扎堆的人群中陡然发出轰的一声。公判结束，所有的罪犯都推上一辆卡车带走了，尾随的人群中再次爆发出一阵礼花般的欢呼。当天晚上，早溪镇放了一场露天电影，人们杂立杂坐，依旧像白天看公判大会一样，眼睛里流露出异样的兴奋。

公判大会过后，有关梅、顾二人的风言风语也就多了起来。他们说，如果梅老师承认自己跟顾老师发生关系是出于自愿的，那么，他们就是在搞破鞋；如果她是被动的，那么，就是表明顾老师耍流氓。无论怎么说，顾老师在这个镇上落下恶名是铁定的，而梅老师也因为"作风问题"卷入此中，少不了被人戳脊梁骨。他们的理由是，她既然是王图强的人了，怎么还会跟那个"流氓老师"走到一起？可见，城里的女人也不是什么好东西。早溪小学的老师也曾试着向梅老师本人打听真相，但她一概不做回应——不是无力回应，而是懒得回应。整整一个礼拜，她把自己关在屋子里。这栋宿舍楼里的女老师们每每经过门口，总会把耳朵贴在门上，听听屋内的动静，但屋内只有一种让人感觉随时会发生什么事的安静。她们担心的是有一天门缝里忽然飘出一股异味，打开门后一群苍蝇迎面扑来。因此，每至饭点，她们就会把冒着热气的饭盒放在她的门口，敲三下门，交代一两声。秋天的凉意日甚一日。有一天，老师们吃早餐时发现梅老师从操场上走过。她把顾老师那双擦得发亮的皮鞋挂在脖子上，嘴里念念有词。因此，他们得出了这样的结论：身体犯下的事，现在要让脑袋来承担了。每天总有一些时间，梅老师会走出校门，沿着溪流，在低头找什么。同事们都说她的魂丢了。魂丢了，是很难找回来的。某日清早，阙校长带着几名女老师进了她的房间，七手八脚把她抬了出来，送进了县城里的精神病院。

这一年岁暮，梅老师从精神病院出来，回到了早溪镇。不过，她还是低着头走路，像是在找什么。有些人认得梅老师，便过去跟她打招呼，她却没一点反应；有些人已经认不出梅老师了，他们望着别人指点的那个身影，惊叹"梅老师怎么会变成这样子了"。梅老师穿过那些蓝黑灰的人群，也没有抬头看一眼两边的街景。她那眼珠子仿佛药瓶里两颗吃剩的寂寞的药丸，滚动时也许还会听到咕噜咕噜的声音。

早溪路尽头便是早溪小学，学校已放寒假，校园里空荡荡的。她在宿舍楼前的天井里站了片刻。那时节，梅花开了，极艳，仿佛刀刃上的血珠子，被风吹着，眼看就要慢慢冷却了。

秋鹿家的灯

一

秋鹿家在我们这条巷子的尽头，三间两层，因为地势高，楼房就显得比别人家高敞一些。楼顶有一栋锌皮小屋，还有一座可以晒衣裳被单的露天阳台。到了黄昏边，我们就可以看到秋鹿家的女人出来收衣物。然后我们就知道天要黑下来了。如果是在夏天，月亮从东山出来，秋鹿家的男人就会坐到阳台上，纳凉，闲话。阳台上有花有月，花有香气，月光里飘浮着人影。一年四季，这条巷子里最有烟火气的就数秋鹿家。秋鹿的父亲时常招呼一群朋友，在家聚饮，有喧闹声、猜拳声，也有酒后的高歌。时隔多年，我们还会常常想起秋鹿家的灯火。如果说邻舍家的灯光只有水缸那么大一片，那么秋鹿家的灯光就像一片池塘。这座池塘里有许多鱼在欢快地游动，发出唼喋的声响。

秋鹿家四个姐妹，一个弟弟。大姐桂芬，二姐蕙芳，秋鹿的妹妹和弟弟分别叫秀芸、冬宝（小名）。秋鹿居中。天晴的时候，我们会看到秋鹿家的阳台上晒满了花花绿绿的衣裳。那些衣裳像是密密麻麻挤在一起看电影的人。远处有云，变幻着各种影姿，可以让人想起许多物事来。

秋鹿，该收衣服啦。傍晚时分，这条巷子里的人总能听到秋鹿的妈妈这样催喊。

为什么只喊秋鹿的名字？

莫非是秋鹿的名字念起来更顺一些，或者是秋鹿做事更勤快、麻利一些？总之，这条巷子里，我们听到最多的名字就是秋鹿。

有一次，秋鹿的同学对秋鹿说，你的名字真好听，我们的名字能不能换一下？秋鹿挺起胸脯说，名字是我妈妈取的，我妈妈说了，这世上只有一个人的名字叫许秋鹿，那人就是我。

我们说到这一家子，不是说许国章家、苏晓丹家，而是说秋鹿家。秋鹿家的自行车。秋鹿家的客人。秋鹿家的衣裳。秋鹿家的灯。我们都是这样称呼的。

事实上，秋鹿原本不叫秋鹿，跟桂芬、蕙芳、秀芸一样，她也有一个入学之前的曾用名叫玉芹。这些名字都是爷爷给取的，略有点寻常庭院里那种小花小草的韵致，但实在谈不上有什么特色。秋鹿的爷爷说，女孩子嘛，名字还是普通一点好。他平常还是管秋鹿叫玉芹。

可以再说说秋鹿的爷爷。秋鹿的爷爷当然姓许。他叫许祥朴，但许祥朴给人留字条，写的都是天朴。通常情况下，只有许秋鹿的奶奶和邮递员送稿费单或投递书报时会喊他一声"祥朴"。这条巷子里的大人小孩一律叫他许爷爷。许爷爷曾这样解释自己的名字，祥朴是他的谱名，也是身份证上的名字；天朴是他的字，也是他后来在报纸上发表豆腐块文章时常用的笔名。这就像物理学课本上的矢量，在数学课本里就叫向量。许爷爷当过中学物理老师，但退休后就在家里画点画、写点诗文，偶尔向外面的报刊投几篇。对他来说，写字、画画跟打牌、搓麻将没有什么区别，都是为了消磨时间。他由此断定，女娲当初抟土造人，也不过是为了图个消遣。闲来无事，他就捉住一个孙女，让她背唐诗，以致孩子们见了他，都会缩进自己的房间里去，或是绕道而行。因此，许爷爷很寂寞，唐诗也很寂寞。

有必要再介绍一下许秋鹿的奶奶。秋鹿的奶奶有一个全家最俗气的名字：朱彩霞。五十年代末，朱彩霞驾着苏联生产的DT14女式拖拉机，穿过一片田野时，可以说是傲视群雄。她是贫下中农的女儿，家风清白，却看上了成分不好的地主家的儿子。到底图的是什么？几十年来，朱彩霞说自己也搞不明白。那时候，她在地里劳动，地主家的儿子就在田头吟诗。朱彩霞说，地主家的儿子一辈子都没被成功改造，还是地主老爷那副德性，而她像长工那样，一辈子都给他烧饭、洗衣裳。许家四代都是一脉单传，传到秋鹿的父亲这里，地主的德性是没有了，匪气倒是出来了。

秋鹿的父亲许国章，是电厂的电工。他在街头混过一阵子，也动过刀子，但从未失手。两个人站在街头说话的时候，你旁若无人地从中间走过去，原本是一件很不礼貌的事，可许国章年轻时就喜欢这么干。在那个年代，因为失礼而动口、动手，乃至动刀子，是常有的事。许国章这辈子打过几场架已记不清了，但恋爱只谈过两回，拎得清。他喝了酒，就喜欢跟人聊起自己那一段轰轰烈烈的初恋。十九岁那年，他看上了城南一名畜牧站老会计的女儿。她长着一张大嘴，却偏偏喜欢咧开嘴冲他笑。不许笑。他把脸凑到她鼻子前面。但她还是笑。他把舌头放进她嘴里，堵住了她的笑声。打那以后，她就成了他的女人。二人相处了半年光景，女孩忽然移情别恋，喜欢上了一个只有一条手臂的退伍军人。那人怕许国章纠缠不清，就带着女孩远走高飞。许国章拔刀追赶时，他们已像武侠小说中的一对侠侣那样偕隐异地。许国章不死心，时常带着一把刀，穿州越府，寻找那对"该死的狗男女"。时隔三年，许国章打听到他们在邻省一个小县城开了一家小店。不知道确切的地址，但他还是贸然去寻。结果在一座山城的荒僻小街上遇见了初恋女友，她边上站着一个拖着鼻涕的小男孩，怀里还抱着一个正在吃奶的婴儿，穿着睡衣，头发蓬乱，面目也失去了往日的光鲜。许国章只是瞥上一眼，就收起了藏在袖中的短刀，默然离开。此行他原本是要砍一个人的，后来竟在回家的路上谈了一场恋爱。这件事，也是许国章酒后必谈的。那天，他连夜坐车返家，车在盘山公路的中途被三个劫匪拦住。劫匪一上来就摆开阵势，让乘客把包里的钱悉数掏出。有个坐在前排的女孩称自己身上没钱，劫匪就把她手中的包一把抢过去，女孩发了疯似的扑上去抢夺。劫匪使劲一拽，把她连人带包拖到车门外面。乘客不敢动手，女孩依旧抱住劫匪的后腿，不肯松手。坐在后排的许国章掏出刀子，打开车窗，跳了下去。他先是一脚踢飞了劫匪手中的刀，随即挥动着自己手中的刀，在空气里做了几个劈砍的动作。那一刻，乘客似被刀风吹歪，一律偏着头观望，还不时发出几声喝彩。等其他两名劫匪对他形成半包围圈时，许国章虚张声势，做了一个后空翻的动作，退到车边，以防有人背后偷袭。三个劫匪见他身手了得，不敢贸然出手。许国章喝道，老子是特种兵，杀过敌，立过功，这手中的刀不喝同胞的血，你们走吧。三个劫匪见这势头，扔下财物，抱头逃窜了。那个女孩捡起地上的背包，走到许国章跟前，行了一个军礼。那个女孩，就是后来为许国章一口气生下五个孩子的苏晓丹。

十八岁那年，苏晓丹就发誓自己这辈子跟定许国章。那年八月，正值台风季，苏晓丹背着一个帆布包只身来到电厂，找到了那个穿着蓝背心噌噌噌蹿上电线杆手擎白云的青年电工许国章。两天后，在东海生成的热带气旋帮助下，她顺理成章地征服了心目中的英雄。当晚全城停电，我跟她早早上床，顺便弄出了一个孩子。若干年后，许国章酒后这样描述道。弄出了孩子也就弄出了一堆麻烦，弄出了一大堆孩子也就弄出了一大堆麻烦。许国章不明白苏晓丹为什么这么能生。许国章说，苏晓丹的业余爱好就是拉手风琴、生小孩。

家里有那么多女孩子，左邻右舍时常能听到叽叽喳喳的声音。每逢夜幕降临，秋鹿家总是灯火通明。苏晓丹会拉手风琴，许秋鹿会唱歌，她唱歌的声音很动听，欢笑的声音也很动听。苏晓丹说，上天给了她一副清亮的嗓子是为了让她的笑声传得更远。

一家人围坐在屋子里，歌声飘至屋外。这种欢愉景象曾令这条巷子的人为之动容。

唱完一首歌，秋鹿来到爷爷跟前问，爷爷，我的歌唱得好听吗？

好听。

既然说好听,你为什么不鼓掌?

爷爷从灰白的山羊胡间挤出了一丝笑容。笑得有些严肃。玉芹,你背两首诗吧。

秋鹿背了一首唐诗,又背了一首唐代诗人张志和的词:

> 西塞山前白鹭飞,桃花流水鳜鱼肥。
> 青箬笠,绿蓑衣,斜风细雨不须归。

多美啊,多美啊,爷爷摇晃着脑袋,微闭着眼,说细雨被风吹斜的样子不知道有多美。

爷爷还沉浸在斜风细雨中的时刻,苏晓丹已拉着秋鹿回到二楼的房间。她对秋鹿说,你要记住,你是秋鹿,不是玉芹,女孩子整天背那种酸溜溜的东西管什么用。

苏晓丹还是少女时,心底里一直藏着一个梦想。她长到十三岁的时候,一名艺校的音乐老师就摸着她的细长脚杆说,你应该去学跳舞。于是,她就真的开始跳起舞蹈来。十八岁那年她被省艺校录取,不巧的是,她在之前跟许国章谈了一场不该谈的恋爱,还怀上了身孕。梦想就此破灭,苏晓丹一直对自己的男人心怀怨恨,如果不是他把她的肚子弄大,她早就可以进入省艺校,登上大舞台了。之后的岁月里,她每每跑到火车站,对着悠长的铁轨怅望,还会恨恨地说上几句。

但她很快又重燃了另一个梦想,那就是生一个长相跟自己相似的女儿,以后送她去唱歌跳舞,去更远的地方、更大的舞台。无奈,大女儿桂芬和二女儿蕙芳长得像爸爸,双腿粗短且不说,五官也乏善可陈。只有秋鹿,跟自己像是一个模子里出来的。于是,就在秋鹿入学那年,她做出了一个重要的决定。

她对秋鹿说,妈妈当年考省艺校之前,给自己取了一个艺名,叫秋鹿。后来去不成,这个艺名也就一直埋在心底。现在,妈妈把这个名字送给你,就是指望有一天,你能圆了妈妈的旧梦。苏晓丹说这话时眼中泛着泪光。

从那以后,秋鹿的名字就在学校里叫开了。

苏晓丹有一张跳芭蕾的照片,一直挂在县前路的照相馆里。她带着秋鹿从照相馆门前经过时,就会指着那张照片说,你看,那就是妈妈十六岁时拍的照片。

秋鹿跟同学一起放学回家,也会带她们拐到县前路的照相馆,隔着玻璃,指着其中一张照片说,你们看,这就是我妈妈。

苏晓丹是我们这条巷子里第一个骑自行车的女人。凤凰牌69型。钢圈锃亮,铃声清脆。当她跨上车,平地撩起一阵风,就会有男人的目光追过去:她习惯于把裙子的后摆压在屁股底下,身体扳得直直的,目视前方,保持着那个由三角形皮坐垫确立起来的平衡。那年夏天，她那随风摇曳的身姿让沉寂多年的巷子顿时变得明快起来。

那天下班之后，她骑着自行车经过一座石拱桥时，一群坐在桥头的年轻人叫住了她。苏晓丹头也不抬地过了桥。自行车刚从斜坡下来，有人带着一身酒气，突然跨到后座，两只手像蛇一样搂了过来。在一阵尖叫声中，那人松开了手，跳下车。自行车在不远处滑倒，后轮压在苏晓丹的一条腿上，车轮兀自滚动。一阵粗野的笑声也像车轮一样，在雨水洗得发白的水泥路上滚动。苏晓丹扶车站了起来，回过头，狠狠地骂了一句。那人作势追上来的时候，她已扬长而去。苏晓丹回家后，把这事告诉许国章。她说自己认得那个摸她的年轻人，他就在新华电器厂东厂工作，有一回，东厂和西厂联办文艺汇演，那人曾登台弹了一首吉他曲。在她印象里，那人略带一些腼腆。没想到外表斯文，骨子里却是流里流气的。

事情就这样发生了。当天晚上，秋鹿的父亲骑着摩托车出去转了一圈，回来的时候，身后挂着一把猎枪。

有必要说说许国章的两件装备：摩托车和猎枪。八十年代初，许国章是本城少数几个骑上摩托车的人。他骑着摩托车，在风中狂奔，风把他的衣裳和头发吹成向后飘举的火焰。因此，当他下车的时候，额前的一头长发都是朝后立着的，像是上了发胶。这种发型一度在本城的大街上流行开来。但没出几年，他就开始掉头发了。有人说，他骑着摩托车，日日吹风，年年吹风，头发都被风吹掉了。在他最威风那一年，额前的头发差不多都掉光了，脑门上凸现的是一道光，被太阳一照，狠劲就出来了。

至于猎枪，就是枪膛里面装着火药和霰弹、形同步枪的那种，在本城俗称火药枪。许国章小时候就跟随舅舅上山打猎，能在百步开外击中猎物。严打时期，许国章就把火药枪寄放在乡下的舅舅家。这一放，就是许多年。现在，他觉得，是到该用枪解决问题的时候了。

第二天，许国章带着苏晓丹来到东厂。苏晓丹隔着一扇大窗说，就是坐在校验台上的那个。许国章居然没动手。他把苏晓丹送回西厂，跟她说，你等着，我会让他给个说法。当天下午，那把火药枪就在东厂打响。那只摸过苏晓丹的手竟打进了二十颗小钢珠，脑袋还被枪托扎出了一道口子。但事后有人证实，许国章打中的不是那个在桥头猥亵过苏晓丹的年轻人，而是他的哥哥。他叫王文治，是东厂的电器产品校验员，而他的弟弟叫王武统，是个街头混混。哥哥和弟弟面貌、声音都很相似。唯一的区别是，一个脸上有疤，一个脸上没疤，但如果是在光线昏暗的地方，你几乎分不清谁是谁。

此事的结果是，王文治进了医院，许国章进了派出所。

虽然不是严打时期，但苏晓丹还是怕许国章吃官司，因此就提着一盒补品去了医院，向王文治赔礼道歉。右手和脑袋都绑了绷带的王文治躺在床上，苏晓丹坐在对面，用微笑掩饰着自己的不安。苏晓丹说，她是五个孩子的母亲，上面还有二老，如果许国章判刑坐牢，她将在劳累和困苦中度过此生。她让王文治看看自己的眼睛，她说，她已经有好多天没睡好觉了，眼睛里都爬满了血丝。她像是怕对方看不清，就把一双哭成桃红的眼睛凑过去，王文治不敢直视，略带羞涩地把目光偏向一边。此间，她又套起近乎来，请他念在同事的分上，放过许国章一马。王文治是个明事理的人，因为弟弟行事不端在先，他也没有打算把事情闹大。许国章持枪伤人，性质严重，好在王文治本人没有上诉，他只是被关押了三个多月。

事情就这样了结了？没有。一件更大的事还在后头。

王文治住院那阵子，苏晓丹总是隔三岔五去看望。医院就在新华电器厂西厂与她家之间。她每每下班经过，就提着梨子或苹果去看望他。他比她小五岁，还是单身，那张进入而立之年略显寡苦的脸尚存俊美少年的形象，难怪他当年抱着一个吉他登台时，底下的女工都发出了令众多男人嫉恨的尖叫。王文治回到工厂上班，苏晓丹也照样骑着自行车横穿半座城去东厂看望他。东厂是老厂，建在田野中央。每逢下班之际，夕阳把那座红砖厂房映照得鲜红欲燃，而穿着一身白色连衣裙的苏晓丹就仿佛一朵白月瓯，静静地插在墙角，描出纤长的影子来。王文治骑车出来后，他们不发一言，各骑各的，沿着机耕路，穿过那片起伏的稻浪和偃卧在凉风中的石桥。

那天傍晚，苏晓丹背负一抹斜阳，骑着自行车从少年宫返家。她骑得飞快，裙子鼓荡起来，身体里仿佛有一股蓬勃的春风。秋鹿，秋鹿。进门之前，她先嚷开了。桂芬撇了撇嘴说，收衣裳去了。苏晓丹又噔噔噔地跑到那个晒满了衣裳和被单的露天阳台，拉着秋鹿的手说，我要告诉你一个好消息。秋鹿呆呆地站着。苏晓丹说，你先闭上眼睛，猜猜我给你买了什么礼物？许秋鹿闭上了眼睛，深深地吸了口气。她听得妈妈从布包里掏出什么东西。是吃的？不是。是文具盒？不是。是一件新裙子？有点说对了。是舞衣？完全正确。许秋鹿睁开眼睛，看到了一件白色的舞衣。苏晓丹说，上次面试之后，少年宫芭蕾舞兴趣小组的老师决定破格录取你。这不，今天妈妈去那里填了表格，还交了服装费，周六下午你就可以去那里学习芭蕾舞了。秋鹿又深深地吸了一口气，我现在可以穿上这件舞衣？苏晓丹点了点头。

秋鹿换上了白色舞衣之后，在苏晓丹面前摆出了一个小天鹅展翅的姿势。舞衣很贴身，被她的肤色映照得如同一片洒在雪地的淡白的月色。

妈妈，我不是在做梦吧？

当然不是，你看，这雪白的舞衣，就好像是为你量身定制的。秋鹿，来，跟妈妈一起，跳一支舞蹈吧。

妈妈，为什么你不让桂芬、蕙芳她们学跳舞？

因为你叫秋鹿。

母女俩并肩站着。影子投在晾晒的床单上。床单被夕阳映照着，看起来仿佛一朵落在屋顶的祥云。苏晓丹踮起了脚尖，做了一个旋转的动作。秋鹿也跟着旋转起来。那一天的快乐若是可以描摹出形状来，定然也是圆形的。苏晓丹累得气喘吁吁，停下来收衣裳和床单。秋鹿依旧围绕着她转圈子，被汗水打湿的脸上泛着微光。

那阵子，秋鹿放学回家，也是踮着脚尖穿过这条巷子的。她嘴里即便哼着歌，也不忘跟人打声招呼。这条巷子里，没有人不认识秋鹿。那个黑发红唇、脚步轻盈、笑声洒了一路的许秋鹿。

二

秋鹿进入少年宫学芭蕾之后，总是喜欢踮着脚尖看世界。原来，踮起脚尖看到的世界是那么不一样。在家里，她也常常踮着脚尖走路，从一楼走到三楼的阳台，从阳台的这一角走到那一角，脚尖含着一缕春风。一件衣裳被风吹动，她仿佛也能看到曼妙的舞姿，随即跳起了轻快的舞蹈。

有一件合身的舞衣，有一个舞台般的阳台，美好的事物总是恰到好处。可是，生活并没有像舞步那样，总是欢快的。有一天傍晚，她踮着脚尖从三楼转到一楼时，听到了妈妈尖叫的声音。你个死佬，你个死佬。没错，是妈妈从浴室里出来后，突然骂开了。没有人知道秋鹿家发生了什么事。

你个老不正经的，你个老不正经的。奶奶也跟着嚷开了。你跟着瞎起哄什么！爷爷气得脑袋直晃荡，仿佛要脱离身体飞出去。秋鹿看到奶奶举起扫帚，向爷爷扑打过去。爷爷拂袖出门，站在院子里。苏晓丹扔出一句话：臭不要脸。

不晓得是谁不要脸。哼，总有一天你们会真相大白。爷爷站在那里，抖落一脸的不屑。

发生了什么事？发生了什么事？邻舍们都出来了。人影从窗外走过，头脸莫辨，但可以看出高低胖瘦来。脚步是轻盈的。他们想知道屋子里到底发生了什么事。秋鹿听到他们在嘀咕着什么。

你听听，外边的风言风语都成什么样了，秋鹿的奶奶对儿媳妇抱怨说，出了这事，你是不该大声嚷嚷的，家丑不可外扬这老古话你也听说过的。苏晓丹抹着眼泪抢白，你不是也跟着嚷开了？爷爷在门外像是听到了什么，气冲冲地走进来，指着奶奶说，你说什么家丑来着？我要是看过一眼，就让老天爷剜去我的双眼。奶奶说，闹出这种败门风的事你又该怎么解释？爷爷说，"林冲私闯白虎堂"这出京戏你是看过的吧，我原以为，戏就是戏，不承想，这女人却给我安排了这样一出戏。荒唐，荒唐，荒唐。爷爷连说三个"荒唐"，瞪大的眼珠子仿佛扩散了满腔的愤怒。奶奶软下声气问，你敢说自己没偷看过吗？爷爷走到灶王爷前面，拜了一拜说，天地良心，我可以对着镴灶佛发个毒誓。秋鹿朝灶龛瞥了一眼。镴灶佛兀自笑眯眯地看着爷爷，不说话。苏晓丹背过身说，现在我不想解释，等国章回来，让他做主。爷爷哼了一声，别以为我不晓得你背后偷偷摸摸干了什么勾当。什么勾当？苏晓丹说，你就在这里点破了说。爷爷说，国章进牢之后，你跟那个叫王文治什么的成双成对去看电影，别以为我没瞧在眼里。苏晓丹干笑一声说，别以为你鬼鬼祟祟跟在我后面我就不晓得，那晚是厂里包场，我跟那个男的只不过是碰巧坐到一起罢了。你倒好，替儿子急上了。苏晓丹一扭身，回到卧室，趴在床上，发出压抑的哭声。秋鹿问，妈妈，究竟发生了什么事？苏晓丹没有回答。过了一会儿，秋鹿又去问爷爷，爷爷，究竟发生了什么事？爷爷躺在床上，一个劲地吐气，好像肺里有个塞子拔掉了，开始漏气。那些天，秋鹿最担心的，不是家人的哭闹，而是外人的笑。墙外的人的确在笑。不是冲着她笑，而是隔着一堵墙，轻轻地笑，冷飕飕地笑。

深夜时分，秋鹿踮着脚尖下楼上厕所，忽然看到餐厅里坐着一团黑影，细看，是爷爷。秋鹿点亮灯问，爷爷，为什么不开灯？爷爷只是咳嗽了一声。秋鹿上了厕所出来，爷爷依旧枯坐着，面色淡漠，不发一言，似乎要一直坐下去，等待天色与真相渐明。

这一天，秋鹿放学回家的时候，家门反锁着。她敲了一下门，奶奶应声，趿着拖鞋过来开门。一进门，她就看到爸爸阴沉着脸，坐在饭桌一角。妈妈还没回家。爸爸的行李堆放在桌边地上，像是刚刚回来的。爸爸没响，爷爷奶奶也没响。寂静和阴影笼罩着整个兼作餐厅的镬灶间。爸爸连头都没抬，就对秋鹿说，没事上楼写作业去。秋鹿踮着脚尖，从他们身边经过，上了楼梯，在转角处停下，从那儿的木板缝里可以窥见镬灶间。爷爷奶奶爸爸三人相对坐着。许国章说，我出狱后没有直接回家，一直躲在一个工友家里。爷爷说，你也发现晓丹近来不对劲？许国章说，是的，那晚阿爹跟踪晓丹，我看到了，晓丹跟那个男人一起去看电影，我也看到了。说到这里，一阵风从后院敞开的那扇门吹进来，地上瓶瓶罐罐哐啷作响。他们突然压低了声音，在风里小声地说着话，好像是生怕一阵风会把话带到下风处某个人的耳朵里。秋鹿竖起了耳朵。爷爷说，她也发现我跟踪他们，因此，就故意给我下了个套，这女人的居心真叫阴损啊，说不定，是那个男的教她这么做的。许国章说，看来我上一回打得没错，那颗霰弹不应该打在他手心，而是裤裆里的两个蛋。他这样说着，伸出双臂，做了一个枪击的动作。爷爷倒像被子弹击中似的，怔了一下。他大约是从许国章的话里嗅到了危险的气息，说话的语气顿然变得柔和起来，像一双手很有耐心地抚平衣裳间的皱褶。

天快黑了，妈妈还没回来。秋鹿来到楼顶的阳台收衣裳。过了一阵子，爷爷就拄着拐杖出现在阳台上。爷爷像是在一天之内老去的，现在连拐杖也用上了。爷爷站在晾衣绳下，一直扯着自己那件皱巴巴的阴丹士林蓝对襟衣裳，好像要把它扯平。秋鹿和秋鹿的影子站在那里，不动。爷爷说，秋鹿，这两天家里可能会发生点什么事，你们姐弟五人可要照顾好自己。从爷爷的口气来判断，他好像要去干一件危险的事。爷爷转身离开的时候，太阳已在不远处的一座楼房后面消失了，接着消失的是晚霞，然后是玻璃上的一块白光。现在只剩下秋鹿一个人站在那儿，没有影子。

秋鹿再也不想踮起脚看那个大人的世界了。大人的世界有她看不懂的东西、听不懂的话。可是，那一切弄明白了又怎样？那个周末下午，她没有一点跳舞的心思，幼嫩的柳条般的身姿在风中很散漫地飘摆着。有好几回，舞蹈老师当着大伙儿的面骂道，魂呢？魂呢？秋鹿愕然地望着老师，眼中蓄满了泪水。傍晚时分，妈妈照例来少年宫接她。她脱下紧绷着的舞鞋，搓着脱皮的脚板。妈妈说，你看，人长高了，脚也变大了。秋鹿说，我不想长大。为什么不想长大？苏晓丹给她系上凉鞋的襻扣说，妈妈希望你有一天跳出这个小地方，跳到北京去，跳到巴黎去。

秋鹿坐在妈妈那辆自行车的后座上，一路无语，只是听任晚风从耳畔拂过。送到巷口，苏晓丹缓缓刹住车，让她下来。两人对望了一眼，目光有些怅然。为什么不进来？秋鹿问。苏晓丹猛然掉转车头，回了一句，我要赶着上夜班去。

妈妈，你会离开我吗？

为什么要这样问？

我昨晚梦见你抛弃了我们，独自一人走了。

不会的，不会的，这样的事是不会发生的。

苏晓丹的车颠簸了一下，险些摔倒，但她很快就用脚尖点地，稳住重心，确保身体平衡之后，又飞快地离开了。秋鹿在原地默立片刻。斜阳照过来，眼前是一抹微红的白墙。

这一晚，家里的灯熄得比往常要早。秋鹿躺在床上，偶尔能听到爷爷跟奶奶絮絮叨叨的声音，但很快就被黑暗吸走了。妈妈没回来，爸爸也没回来。迷迷糊糊间，她被外边大门推开的吱嘎声惊醒，但很快又沉沉睡去。

天刚亮，四五名警察来到秋鹿家，给许国章戴上了手铐，推上摩托警车。秋鹿追到门外的巷子里，眼前的影子渐渐变得模糊起来，警笛的声音也很快在围观人群的嘈杂声中小下去。

全城的人都在传这样一个消息：许国章又持枪打人了，他打爆了王武统的脑袋。经过抢救，王武统虽然捡回了一条命，但后半生可能要在轮椅上度过了。事后，许国章还是深表遗憾：这一回，他又打错人了。他本想干掉王文治，不承想，弟弟王武统上前挡了一枪。

下了几天雨，阳光又大摇大摆地回来了。照往常，秋鹿家的阳台上应该挂满了花花绿绿的衣裳和白色被单，但这一天傍晚，秋鹿上阳台时，只看到几根晾衣绳在风中轻轻摇荡着。吃了晚饭，她一直没看到妈妈。半夜醒来，她还是没等到妈妈回来。

秋鹿，你妈呢？左邻右舍问。

出差了。

过了一个月，左邻右舍又问，秋鹿，你妈呢？

不知道。

秋天过去了，妈妈也没有一封来信。秋鹿常常来到三楼的阳台，用失神的眼睛看着远方，仿佛在楼头眺望无边无际的忧伤。阳台上的衣裳少了些。有一件连衣裙，是妈妈穿过的，云一样白，被风吹动时，仿佛伸了个懒腰。她看见这件连衣裙的时候，妈妈的影子就浮现出来；可是，当大姐穿上它之后，妈妈的影子就在大姐略显肥胖的身影中消失了。初冬的阳光淡淡的，秋鹿对着一块白色床单跳起了芭蕾。床单上的影子就是妈妈的影子。秋鹿就跟影子共舞。

冬天过去了，秋鹿的妈妈还是没有回来。平日里，秋鹿家的门总是紧闭着的，窗户也是。蒙尘的玻璃如同忧郁的目光。天黑之后，人们总会看一眼秋鹿家的窗口，也看看别人家的窗口。每一扇窗户透出的亮光都是不一样的，每一座房屋锁住的黑暗也是不一样的。有时候，黑暗中会同时传来笑声与哭声。

照顾秋鹿姐弟五人的，是秋鹿的爷爷奶奶。爷爷买菜，奶奶烧饭做菜，家务活大家轮流做。有一阵子，爷爷总是在外面散步、聊天，以至于忘了饭点。

秋鹿，去喊爷爷吃饭。

到了饭点，奶奶总是这样喊道。

秋鹿来到河边，就会看到爷爷靠在一棵树旁，就仿佛贴着枕头一样，睡得十分酣实。河水在一旁静静地流淌，晚风那么柔和，没有人会忍心叫醒一个酣睡中的老人。但有人说，嗜睡有可能是老年痴呆症的预兆。秋鹿不晓得老年痴呆症是怎样的。爷爷被叫醒后，总会抹抹惺忪睡眼，问她，现在是清晨还是黄昏？

清明节那天，许家的孩子们对爷爷奶奶说，人家都去上坟了，我们为什么不去？爷爷说，我们还健在，上什么坟？奶奶说，你爷爷的爸爸当年是被当作恶霸地主镇压的，后来也不晓葬在哪个乱葬岗里；你爷爷的妈妈随后投江自尽，也找不到影子了。即便如此，爷爷奶奶每逢清明照例要在家里点两根蜡烛、三炷香。

这一天上午还是太阳高照，到了午后天色就暗了下来，有乌云从窗外默默地飘过，秋鹿放下手中的作业，走到三楼的阳台。那里晾晒着家人的衣裳，其间还夹着一件妈妈的衣裳（现在已经留给二姐穿了），她随手拿起来，放在鼻子下闻了闻。衣裳被阳光照过之后，似乎还有妈妈的味道。那一刻，寂静的巷子里忽然响起一辆摩托车减速穿过青石板路的声响，她大约是想起了爸爸，就透过蔷薇花环绕的浅蓝色栏杆朝巷子那头溜一眼。从高处往下看，那辆摩托车就像一只八爪虫，两个人伸展出四条腿四只手，后面拖着微小的烟尘。坐在前面的，是一个穿白色衬衫的陌生男人，从后座下来的，是一个女人。秋鹿揉了揉眼睛，确定她就是妈妈。那个陌生男人在斜对面的小卖部门口停好车，跟她说了句什么，就朝她家这边走来。像路人的影子一样陌生的妈妈，就躲在小卖部的屋檐下，伸着脖子、怯怯地朝自家那个方向张望几眼。她那样子像是怕惊动什么，又像是怕被什么惊动。秋鹿捂住了自己的嘴，不让"妈妈"这个词冲口而出。她把收好的衣物胡乱堆放在房间里之后，就飞快地从三楼跑下来。她看见那个陌生男人正站在爷爷面前，手中提着两瓶白酒和一条香烟。见到爷爷，他做了自我介绍，许老师，还记得我吗？我叫王文治，您教过我初中物理。那人像一根细长的竹竿那样戳在那里，头发向后倒伏着，有些凌乱。爷爷上下打量了一眼后说，我不记得有你这样的学生，但我知道你跟那个女人现在生活在一起。王文治说，她现在知道自己错了，很内疚，不敢登门来见您，因此就让我捎句话，向您道歉。爷爷轻轻地哼了一声。王文治说，我今天过来，主要有两件事，一是看望老师您，二是完成晓丹交代的任务。爷爷说，今天本该是上坟的日子，你却来看望我，我很意外。明年今天，你要看我，也许我就住在山上了。王文治脸上露出尴尬的笑容，你看你，身子骨这么健朗，怎么能说这话。说着就把烟酒递上。爷爷说，我不吃烟，酒也戒了。

五个孩子，让你受累了。

白天她们都去上学，我也乐得清闲。

苏晓丹想把冬宝和秋鹿带在身边，减轻你们的负担，不晓得你愿不愿意。

我不愿意，秋鹿从门外探进半个脑袋，要带就把秀芸和冬宝带走吧。王文治点了点头说，你就是秋鹿吧？你妈就在巷子外面，你们几个姊妹要不要出来跟她见一面？不见，秋鹿说，你可以把冬宝和秀芸带过去。王文治面露尴尬，转身去寻秀芸和冬宝。

过了一会儿，王文治带着秀芸和冬宝来到爷爷面前。爷爷坐在一张竹椅上，背靠着墙，仰面打盹。王文治不敢惊醒他。爷爷又睡着了，秀芸和冬宝从他身边经过时扮了个鬼脸。桂芬和蕙芳提着一个装满衣物的网袋，把弟弟妹妹送到大门外。秋鹿没有跟随她们出去。

爷爷依旧跟老僧入定般坐在那里。爷爷！秋鹿喊了一声。爷爷没应。再叫一声，还是没应。秋鹿吓了一跳，把手伸到他鼻子下。她的手触到了爷爷的胡子。爷爷忽然打了个激灵，坐正。秋鹿说，爷爷，看来你是累了，还是回到床上休息吧。

爷爷说，我老了，一坐下来，就想睡。咦，现在是清晨还是黄昏？

都不是，是下午呢。

啊，我已经越睡越糊涂了。有时候，我真希望自己长着画报上那个海豚那样的脑袋，一个脑半球处于睡眠状态，另一个脑半球处于清醒状态。

爷爷咧嘴笑着，好像一觉之后，之前发生过什么事，他都全然不记得了。临近傍晚，一家人围坐灯下，很漠然地吃着饭。爷爷只字未提秀芸和冬宝。

之后许多个日子里，秋鹿发现爷爷的脾气变得十分暴躁。他躺在床上，骂自己身上的病就像骂一条不听话的狗。一个清晨，爷爷突然起了个早，烧了一壶水，清洗了一个杯子，然后把桌子擦了一遍。奶奶问，今天有客人来吗？爷爷说，儿子要回来过年了。奶奶沉默了。

秋鹿已觉出爷爷越发不对劲了。他时常坐在屋檐下，倒拿着一本书，有时看书，有时看后院草地上走动的小鸡。鸡没有看他。医生确诊：许爷爷得了阿尔茨海默病。

然而，出乎意料的是，这一年深冬，秋鹿的奶奶竟得了心肌梗塞，先走一步。秋鹿看到一辆灵车停在自家的门口，带走了奶奶。爷爷站在阶前，望着车子缓缓远去的背影说，这辆灵车没过多久也会带走我的。

到了吃饭的时辰，爷爷去每一层楼、每一个房间都转了一圈。秋鹿问，爷爷你在找什么？爷爷好像忽然忘了自己要找什么。过了半晌，他忽然又像想起什么似的问秋鹿，你奶奶呢？

奶奶出去买菜了。

唔，天都黑了，她怎么还没回来？

爷爷坐在那里，等着等着，又睡了过去。

现在轮到二姐买菜，大姐做饭了。一家四人，围坐在一张大桌前，显得有些索落。吃完一碗饭后，爷爷又去盛了一碗，放在桌子上说，这碗饭给你奶奶留着。

爷爷的脑子是越发糊涂了。但有时候，他也会略微清醒一些，说奶奶竟然先他一步走了，一点儿也不顾念他。于是，这个地主家的儿子就坐在餐桌边上，流露出伤感的样子。

秋鹿洗完了碗，看到爷爷依旧坐在餐桌旁，垂着头。

爷爷，我给你背一首唐诗吧。

爷爷那两片枯叶般的双唇一张一翕。他好像已经不知道唐诗是什么了。

秋鹿把手上的水渍抹干，字正腔圆地念了一首唐诗。秋鹿的嗓音很甜美，念诗的时候，连那件在她身上的围裙也仿佛呈现出了一种韵律之美。爷爷的嘴角突然露出了一丝微笑。他从餐桌边站起来，走出镬灶间那扇小木门。后院除了几声虫鸣，就是树叶被风吹动发出的平静的声音。

不过半年，爷爷也走了。正是早春二月，冷寂的空气中已暗暗掺和了一丝暖意。门前那副经年的春联被风吹雨打，犹如一片残红。家中只剩下三个女孩，难免给人一种火冷灯稀的感觉。每逢天黑之后，秋鹿家有几个窗口总是黑洞洞的。三姐妹没有投靠亲友，而是依仗爷爷留下的一笔积蓄，勉强度日。几个月后，桂芬高中毕业，没考大学就进了新华电器厂接替妈妈原来的工作；蕙芳考进了一所重点高中，第一学期就拿到了奖学金；而秋鹿除了跳芭蕾舞，还常常受邀到外地参加朗诵比赛。家中最背运的那个人当然是她们的爸爸许国章，不过，他还是挺乐观的，虽然判了无期徒刑，但在狱中有立功表现，因此减了十年的刑期，他给女儿们写信说，他每天劳教之余，一有空就会抄写《新华字典》中的生字，他要认识很多字，给每个孩子写很多信。

三

秋鹿长成大姑娘后，长相越来越像她妈妈，那个离家出走的女人仿佛又回来了，而时间压根就没有在她身上动过手脚。当她骑上妈妈骑过的那辆自行车，带着一缕微风从我们身旁掠过，多年前那个骑车的女人的影子就奔出了我们的记忆，跟眼前这个女孩重叠在一起，让人在某一瞬间不由地恍惚一下。太像了，太像了。这条巷子里的男人和女人总是这样感叹。这也不算什么稀奇的事。巷子里有一棵树长得像另一棵树，有一只猫长得像另一只猫，这也算什么稀奇的事吗？

在街头，偶尔也会有人对着她吹几声口哨。但秋鹿只是翻个白眼就过去了。他们说她连翻白眼也是好看的。

你见过秋鹿吗？

哪个秋鹿？

就是那个会跳芭蕾舞的秋鹿。

渐渐地，就有一些男孩开始谈论秋鹿了。

秋鹿是所有人的邻家小妹。在每一个男孩的记忆中，秋鹿总是跟某个夏日、某条悠长的巷子联系在一起。因为是在蓝天下，云格外白，房屋也格外白，那个叫秋鹿的女孩站在一堵白墙下，裙子也白，白裙子和白云都在微微飘动。她的眼睛有着黎明时分的那种清亮，即使在黄昏时分也是如此。夏日的早晨，当你抬头，忽然看到蓝得近乎透明的天空，整个人一下子就变得内外明澈。你看她的眼睛，大概会有这样一种感觉吧。

十六岁那年，秋鹿果然考上了省艺校。我们都说，她是跳着舞进城的。

同年，桂芬嫁给了本城的一名小作坊老板，还当上了新华电器厂的技术部经理；蕙芳考取了一所名牌大学，本硕连读，以后还要出国读博；最小的妹妹和弟弟，一直跟随着妈妈，在另一座城市念书。每逢清明，桂芬、蕙芳和秋鹿三姐妹就会回到本城，把旧居的里里外外清扫一遍。屋子里的陈设都没变动,仿佛还在固执地等待着旧主人归来。

老城的北大街该拆的都已经拆了,唯有老巷如故。我们这条巷子已经住了好几代人。有人生,有人死;有人从这里搬出去,有人迁居至此;有人宴罢,带着醉意回家,有人哭着出门……

犹在夜航船上

庚子冬，天寒，风刮骨，乡间孩童的鼻涕跟绿鹦鹉出笼似的。一年将尽，这坏天气才算静定下来。南山的梅花正开到兴头上，仿佛酒过三巡后涨红的脸庞。看梅的人比梅树少，山村的年味已被一股突如其来的荒寒气息冲淡了。没有人放鞭炮，没有祭灶仪式，也没有草台班在祠堂里唱三天三夜的大戏。寥寥几个回乡的年轻人捧着手机，在傍山楼头做山头货网络直播，绷得严紧的空气里总算有了一些活泼的声音。

风定，阳光正好。东先生掇了一方矮凳儿，苏教授拎了把椅子。阳光里仿佛有一条看不见的细线把他们拉到了一块儿。

苏教授老家在西村，东先生老家在东村，中间仅相隔一爿狭长的道坦。西侧是苏氏宗祠，一部分还是原来的木石结构，另一部分却已翻修成钢筋水泥的样式。东侧是一株大榕树，入冬后依旧青青郁郁，树下有石桌、石凳和石椅，很光洁，却无人坐。现在，东村与西村出于众所周知的原因，被几根细长的木杆隔开了。东先生与苏教授能走到一起，是因为冬日里的阳光。东先生紧挨着木杆的东面坐下，苏教授则紧挨着木杆的西面坐下。东先生与苏教授之间仅隔一杆。阳光不分东西，一并馈赠。

早啊。

也不早啦，太阳都升得老高了。

苏教授又问东先生，吃罢也未？东先生微欠上身答了一句。

回老家总觉着少了一样什么，东先生说，今早醒来，才发觉，村里竟听不到公鸡打鸣了。

早年间到了天光边，能听到几声鸡叫。现在，连公鸡也跟懒孵鸡娘似的，趴在窝里头。

听说这里不许养公鸡了。

为什么连公鸡都不能养了？

自打这山里大搞旅游开发，管委会就下令居民不得养公鸡。你或许会问，这跟旅游开发有什么关系？有，因为公鸡会打鸣，打扰游客休息。这叫什么来着？扰民。

千百年，公鸡都是宁鸣而生，不默而死的。

所以嘛，就把公鸡宰了。

母鸡呢？

限养三只。多了，到处拉屎，也有扰民之嫌。

说话间，一条老土狗晃晃悠悠地走过来，越过木杆，伏在东先生身旁，也像是晒太阳。东先生问，这是你们西村的狗吧？苏教授说，这里的狗多得很，到处乱窜，也不晓得是哪个村子的。

东先生说，这个村子，近些年来出去的年轻人越来越多，留下的只有老人、小孩和狗。这些狗的成分复杂得很，有本地土狗、宠物狗、外边流窜过来的野狗。这些狗中，本地土狗最是可恶，看到陌生人就乱吠。

苏教授说，狗与人一样，有些狗的相是得道之相，有些狗的相便是得势之相。

东先生说，我最恨狗仗人势。遇到这种狗，就会拿石头打它。这法子是我爹教我的。早前，我跟爹去山那边做客，那里的村口站着几条气势汹汹的狗。我爹拿起石头说，你只管走过去，我给你开道。我颤巍巍地朝前走了几步。一条带头的狗冲我吠叫时，被我爹手中的石头打中，呜咽了一声，就夹起尾巴走开了，其余的狗也跟着纷纷走开。从此我就知道怎样对付那些村里的土狗了。这次回乡，我怕那些狗认不得我，就在口袋里装了几块小石头。

你这次回乡，怕也是迫不得已吧。

跟你一样，寻得桃源好避秦嘛。

这世上哪里还会有桃花源？但凡有人居住的地方都被网络覆盖了。即便是真的有桃花源，也不是过去的那个桃花源了。只要有手机导航，你随时可以去你去过的地方；只要你带上手机，一天二十四小时的行踪都在大数据的掌控之中。你从哪里来，到哪里去，早有人给你算计好了。

比如现在，你越过了这根木杆，就算出村。

虽然是一根木杆，却不能跨过去，可见我们的心里已先有了一根木杆。

你说这世道还会好起来吗？

国家的事就不谈了，以免有人说咱们妄议。

苏教授吃过苦头。所以，他不谈国事。有人谈到国事，他便说，吃烟，吃烟。吃烟的意思是，不要谈这个了。

东先生说，回来之后，才发现老家变化不小，像路牌、公交站点之类的微小添置，也使这个偏僻的山村好歹有了点现代文明的气息。不过，最近看到几个戴红袖章的人，感觉有些怪怪的。

他们也学起城里人的做派了。

其实城里与乡下，都有可恶之人，我们待久了就会碰到。从前在我们这个村子，就有这么一个可恶之人。他家有一根榆木长杆，平常就搁在中堂的横梁上，仿佛是祖传的。

木杆是瘦的，他是胖的，他跟木杆在一起就显得格外滑稽。你可别小瞧这根榆木长杆的妙用，它可以赶鸭子、丈量土地、晒衣裳等等。胖子脑瓜不好使，一天到晚嘴角总有流不完的口水，但他能把木杆玩出各式花样来。我记得无论谁家娶亲，胖子必到。新娘子从河埠头上来那一刻，他就把木杆往路口一横，愣是让新郎新娘分糖分烟之后才获准通过。

这是地方习俗，图个闹热罢了。

好吧，这算是习俗。可这根木杆在他手里也算是物尽其用。平日里，有俊俏的外地妇人从村子里走过，他就会举着木杆从窗洞里伸出来，偷偷戳一下人家的屁股，然后发出得意的浪笑，那一刻，木杆就跟他延长的手指似的，能让他兴奋好长一阵子。我还记得正月初二那天，他把木杆横放在村口的马路上，刚及大人的腰部，为什么这么放谁也不清楚，总之他就这么干了。村里人见了，感觉既好气又好笑，有人从木杆子底下爬过去，有人一跃而过，也有人绕个弯，走另一条田间小路。

这种可恶之人只是小恶，每个地方都会有几个。

我们这里虽说有几座大山挡着，但不想见外面那些可恶之人也难。小时候听过"万人恶"的说法，你可记得？

岁少时节听大人说过四种"万人恶"，但一时间记不起来了。

不止四种，据我所知，大约有十来种，分别叫什么灯牐、棋戳、牌旋、污催、茶喝、酒哭、饭喷、话争、屁叫、报夺。

我十来岁就去外省念书，老家的话已忘了大半，你说来听听。

灯牐嘛——这个牐字极生僻，片字旁边加一个插队的插的右边字，原意为以板遮蔽。

嗯，我明白，灯牐的意思就是你在灯前穿针引线，有人偏偏就在灯前遮住了灯光。棋戳也大致是这意思吧。

你会下棋？

我下过围棋。

嗯，你下棋的时候会如果有人在你面前指指戳戳，让你这样走、那样走，你会不会讨厌？

的确讨厌。

这种讨厌的人就叫棋戳。还有污催，就不太雅了。

这个污字，我晓得，是污点的污，在我们方言中指大便。污催的意思是，你正在如厕，人家忽然在外面催你，好了么？好了么？

哈哈是这个意思，东先生喝了一口茶又接着说，茶喝，就是你泡好的茶刚刚凉了一些，有人却随手拿去喝掉了。还有就是——东先生说到这里，把苏教授手中的一本书夺了过去说，有一种人，见别人看报看得津津有味，也是一把夺了过去，自个儿看起来。你说讨厌不讨厌？

苏教授说，我早年读一本日本人写的书，叫《枕草子》，里面也罗列了一些可憎的事，比如别人谈话的时候，他都要插进去说一些饶舌的话；打了喷嚏，自己先送上祝福；喝多了之后，一面摸着自己的胡须，一面向人敬酒；出了门，大大咧咧的，也不把人家的门带上。

哎呀，苏教授毕竟是苏教授，请允许我也在这里斗胆掉个书袋。洋书我看得不多，中国古书倒是读了不少。李义山的《义山杂纂》中就罗列了一些"杀风景"的事，什么松下喝道、看花落泪、花下晒开裆裤、月下把火，什么做客与人相争骂、对丈人丈母娘唱艳曲、嚼残鱼肉归盘上，等等。

你隔着这根长杆把书袋抛过来给我，我照理也应该把书袋抛回去。不晓得你是否读过东坡先生的《杂纂二续》，里面也罗列了几桩事。比如和尚道士有家累、师姑养孩儿之类的"自羞辱"的事；庄稼人与妓筵、不饮酒人伴醉汉之类的"强奉陪"的事；哑子做梦、贼被狗咬、处子怀孕之类的"说不得"的事；路上见名山水、隔壁窥美妇人之类的"爱不得"的事，等等，也有趣得紧。

我也即兴来凑一句，这世上还有种种"讲不定"的事，比如讲话没准、前途未卜、阴晴不定……

嘿，这年头很多事都是这样子的。

这话被停在枝头的呆鸟听去了，我有点不放心。

什么鸟？

喏，就是停在这棵大榕树上的呆鸟。

东先生说的大榕树就长在马路东侧，冠幅广展，榕须悬垂，支柱根长到土里面，看上去像是一座庙宇的柱子，密实的叶子层层叠叠地交错着，偶尔风动，才泼进一丝亮光。这个季节，枝叶间居然还挂着一些残存的榕实，有鸟来啄食，也没惊动什么，吃完了就在枝头蹲着。

苏教授说，这榕树打我小时候就有了，那时候还没有这独木成林的气势。树老了，我们也不知不觉老了。

东先生说，这是我祖父栽种的。我祖父是个斫柴人，有一天，他忽然感觉胳膊疼痛。看了好些个郎中，贴了好多回药饼，都没法根治，每隔一阵子，胳膊就莫名其妙地疼痛起来，因此他疑心是被人调了。调了，在我们这里就是放蛊的意思。他后来跑到南山的道观里，找到一位相熟的神佣，向他请教。神佣说，你这胳膊老是久病复发，是因为远处有人在斫一棵树，那一棵树跟你有关联。我祖父问，那么，我该怎样找到那棵树，阻止那人砍伐？神佣说，你不必费心去找，再说，你即便去树林中找，也不可能找得到。我祖父问他该怎么办。神佣说，你在院子里种一棵树，我会让你身上的弱气接引到这棵树上,这棵树壮盛了,它的气就会流转到你身上。我祖父问,那么,我该种一棵什么树?神伺说,榕树。为什么是榕树?因为我祖父的斧头曾触犯过榕树的气根。

看来你祖父种下了树也就种下了善根。

种树种下的是善根,讲话讲不好就是种下祸根。这也是我祖父说过的一句话。说到我祖父,我可以讲一个上世纪二十年代末的故事。那年头,我祖父正值壮年,给村里一位人称徐老爷的大地主做长工,一人抵仨,没有人不竖起拇指称赞的。

慢着,你说的徐老爷,我也曾听父辈说过。他是行伍出身,曾在张勋的辫子军中当过部卒。张勋复辟失败,跑到天津做生意,他又追随过去,帮张勋打理一家店铺,直到张勋去世,他才回到老家,买地置业。听父辈说,他一直留着一根辫子,等着复辟的那一天。

你说的这些事,我也听父辈说过。那个徐老爷为人刻薄,精于计算,时常用蓄着长指甲的手指拨打着算盘。我祖父在他府上打了三年长工,他还拖欠了半年的工钱。村里的人但凡有口饭吃,大都不会给他做苦力。上世纪二十年代末,这一带又是瘟疫,又是蝗灾,不得安宁,村外一片稻子好不容易等到黄熟时节,不晓得被谁一把火烧了。那一夜秋风紧，火势从北边蔓延到村口的河边，跟大兵压境似的。烧毁的，有徐老爷的地，也有村民的地，大伙儿只能隔岸观火，不敢过河抢救。几百亩稻田一夜间化成焦土，连河里面都是墨黑一片，直到半个月后，只要起风，还能看到草木灰在空中飘散。紧接着那年冬天就开始闹饥荒了。村里人都知道，徐老爷家早囤了满仓的谷子，即便让全乡的人吃上一年也吃不完，可他就是不愿意放粮赈灾。村里两三百多号人没得吃，唯有两条出路：一是外出谋生（投亲靠友或讨饭），一是留下来跪求徐老爷给口饭吃，保住小命。徐老爷得知留下的村民有了异动，就请来警察局的人，重兵把守。有一晚，有些个伺机抢粮的人被抓了起来，解到县城里去。第二天，徐老爷忽发慈悲，向村民宣告，他要以德报怨，放粮赈灾，每个村民可分得二十余斤谷子（约合一斗米）。不过，他还设定了一个很奇异的规矩：凡是向他领取粮食者，均须双手合十，含泪拜谢。那天清早，徐家的粮仓前排起了两行长队，那些人都饿得两眼冒绿光，正等待着徐老爷的施舍。徐老爷呢，坐在一张雕花椅子上，穿着长衫，戴着一顶瓜皮帽，脑袋一晃，还可以瞥见那根油光水滑的小辫子，很有些遗老的风致。四名荷枪实弹的警察分列两边，简直跟官老爷一样威武。得了米谷的人都说，徐老爷看起来就像大佛一样，脑后有一圈金光。那天，我祖父也过去了，站在徐老爷面前，双手合十的时候，怎么也挤不出一滴眼泪，却挤出了一个笑容。你想想，所有的人都是含着泪水、带着感恩之情领受救济粮的，唯独我祖父一人脸上掠过一丝莫名的微笑。这就带有冒犯的意思了。徐老爷咳呛一声，当即板起了面孔。我祖父领取了二十余斤谷子之后，心里直犯嘀咕，总觉着会有什么事要发生。结果你猜怎么着？当天晚上，有人手持锄头、镰刀闯入我祖父家中，居然一口咬定稻田是他放火烧毁的，原因据说是我祖父早些时候向徐老爷讨剩余的工钱，因徐老爷延误几天，他就挟私报复。这下子可好，村里的人把仇恨统统发泄到了我祖父身上，对他又是唾骂，又是揪打。我祖父百口莫辩，只好丢下妻儿，带着做生活的柴刀和木锯离开了家乡，自谋活路。我之所以要提起这事，是本县去年编了一本地方志，有人把那位徐老爷写进了乡贤条目，特意提到了他放粮赈灾的善举，还配发了一张当年修建的生祠图片。现如今，当事人都不在了，编写地方志的人怎么说都是可以的。

人家好歹也给穷苦人家分发放了救济粮，添加几句溢美之辞未尝不可吧。

问题就在这里，你可晓得当年烧毁稻田的人是谁？据我祖父说，那天深夜他亲眼看见徐老爷举着火篾烧毁了自家和别人家的稻田。因此，当他看到我祖父嘴角挂着的一丝微笑后，心里就不踏实了。

问题又来了，他烧毁人家的稻田还可以说得通，为什么还会烧毁自家的稻田？

这一点我祖父也弄不明白，大概跟那个胖子拿着榆木长杆横在马路上的理由一样令人费解。

由此看来，那个流口水的胖子只能算是小奸小坏之人，那个徐老爷倒是个真正可恶可恨之人。他当年要是做了一县之长，这个县就遭殃了；要是做了督军什么的，全省都要遭殃了……

你我今天讲的话，除了树上的鸟，就是地上这条狗听到了。

东先生低下头来，老土狗正趴在地上听着他们聊天。狗也不插话，只是目光有些迷离。东先生说，它一定是听醉了。

苏教授说，跟你聊了这么多，感觉这趟回乡值了。今天的阳光很好，梅花也很好看。

聊到这里，他们都不约而同地抬起头来，望着山上的一片梅林。之前，每逢腊月，梅花开成一片，便有一些游客过来赏梅、拍照。而现在，村道封了，连村里的人也无心赏梅了，这就让漫山的梅花很寂寞。

东先生说，梅花开了一树又一树，有三两枝赏心就足够了。

四周有枯叶被微风吹动的声响。远处走来一人，是个胖子，但这个胖子不是那个拿榆木长杆的胖子。那个胖子已经去世好多年了。这个胖子的眼睛也是胖的，像青蛙似的往外凸。眼睛以下被口罩遮住，但可以想象，他的鼻子和嘴唇都是胖的。他戴着红袖章，迈着八字步走过来。他在苏教授和东先生面前坐着，什么也不说，他们就知道他的意思了。苏教授从口袋里摸出了口罩，东先生也摸出了口罩，就仿佛是一种肌肉反应行为。

太阳把祠堂的粉墙照得像电影幕布一样白。东先生起身，苏教授亦起身。那根长杆的影子投在地上，一动不动。那条老土狗如梦初醒般站起来，跟在东先生身后，亦步亦趋。苏教授走到拐角处，忽然回过头来，朝东先生行了一个注目礼。

西村的狗去了东村，呵呵。苏教授说。

在陶庵

必定有雨。入梅之后的南方弥漫着潮湿、发霉的气味。老城区的街道微微倾斜的一侧又开始积水了,汽车泼溅出来的水花和荡漾开来的水纹似乎更能让人感受到车水马龙的真实含义。坐在临街店铺柜台后面的店员每每看到有人被水花溅了一身,就会微微一笑,继而目光黯淡下来,恢复原初那种单调的表情。

午后的陶庵像一只灰色的猫,蜷伏于老城区一隅。对面是中医院,很多人在门外的人行道上排成两条长龙,一律戴着口罩,打着伞。还要排多久?一些人带着焦虑探出半个身子,往前面张望;更多的人则保持平静的站姿、前后一米的距离,他们的目光是倦怠的,仿佛深夜时分,街边小店的灯光。

陶庵,是老城区唯一一家书店。老板姓陶,跟太太搭档经营了二十多年，颇有点起色。年初，趁着疫情管控期间生意清淡，老板索性将店堂重新装修了一番，里里外外的布局与摆设都认真请教过风水先生。风水先生也是陶庵的常客，他认为老板的办公桌应该摆在文昌位。所谓文昌位，就是风水书上说的巽宫，也就是东南方。要说这桌子，也不寻常，陶主（这是我们对陶庵主人的简称）会告诉你，这是多少年前一位姓梅的县长使用过的办公桌。主人是正对着门的，这样子可不行，风水先生提醒说，这不符合吉祥数理。于是，主人的坐向就改成斜对着门，让我想起南京总统府里蒋委员长那张办公桌的摆法。桌子方位定好了，笔墨纸砚方得一一归置。笔要四支，而且必须是大号的，悬挂笔架，边上置文竹一丛。至于电脑，这玩意儿有点冲，必须偏离文昌位，所以，书桌另一边又配置了一张电脑桌。

进里屋时，陶主正在测试一个新装的智能音箱。他只要喊一个唤醒词，音箱里就会飘出一种萝莉音声线：主人，你想听什么？声音谦卑、温柔，仿佛旧时代某老爷家的丫鬟正低着头，怯生生地应答；但这女声毕竟是带电的，自有一种令人称快的科技感。陶主离音箱每隔一米，都会试一次，而音箱里不断飘出这样的声音：你好，主人；我在呢，主人；主人，你想……

店堂内部沿着一条中轴线（过道）做了区隔，有了灯光照明，看上去也很通透。老林见到了我，照例喊一声"先生"。先生，在我们这里就是老师的旧称，至今沿用。他对这里过往的每一个人都言必称"先生"。过道上，老林正跟几位久违的朋友十分热切地介绍自己的孙子。小男孩一边嚼着口香糖，一边表演耳朵"说话"。老林说，你对着他左耳说话，左耳就会动几下；对着右耳说话，右耳就会动几下。人家是左耳朵进右耳朵出，这孩子不一样。左耳朵进，他就给你记住；右耳朵进，也给你记住。

有人问老林，林老先生近来可好？

走了，已经有一年半了。

啊——那人感叹，三老中年纪最轻的林老先生都走了。

年纪最轻的，都有八十七岁喽。

这二十年间有三位老先生时常光顾陶庵，人称"陶庵三老"。

一位是洪先生，本城的老作家。有人问洪先生，你家里有那么多书，为什么还要常常逛书店？洪先生没有直接回答，却讲了一篇海明威的小说《一个干净明亮的地方》，说的是一个老人，家里有钱，也不乏好酒，但他还是喜欢拣一个干净明亮的小酒馆喝点酒，度送着无聊的时日。洪先生逛书店，大概也是这个意思了。每天下午三点，洪先生会准时到陶庵喝一杯茶（他认为茶这东西很雅，不能跟柴米油盐酱醋放在一起，而是应该跟琴棋诗书画放在一起）。

另一位是滕先生，本城的中学语文老师兼书画家。九十年代初，我以摄影记者的身份采访他的时候，他正坐在阳光下捉跳蚤。滕先生说，他六十年代末关进牛棚那阵子，幸而有跳蚤相伴，不致寂寞得要死。他捉来跳蚤后舍不得掐死，通常是放在手中把玩。这就养成了一个习惯，他后来读书的样子也像捉跳蚤，手指戳着字，逐个逐个念过来。滕先生晚年得过一种急性脑血管病，有一根中枢神经什么的被压迫，落下了脚趾头卷曲的后遗症。饶是如此，他每天午睡过后还是要外出散步，状态不错的话他可以穿过两条街，一颠一颠地走到陶庵（他常常把这一段路分成三四段，中途歇息片刻，然后继续前行）。有一回我在街头见到他，想上去搀扶，他却挥手婉拒。他没有承认自己的脚有什么问题，而是不停地转动踝关节，抱怨新鞋子偏大。

还有一位就是林先生，本城唯一的省文史馆员。我认识他也是当摄影记者那阵子。他的坐卧之室，到处是书，连那个原本用来存放杂物的小隔层，也被他清理了一遍，用来藏一些珍本古籍。找那一类书的时候，他得攀着竹梯上去。屋内光线暗弱，他把一只挂在墙上的手电筒交给我，随后一个箭步蹿上竹梯，那样子，像是要沿着光柱向天空攀登。竹梯发出吱嘎吱嘎的声响，听来十分悠扬，看了却教人暗暗害怕。啪的一下，他打开了小隔层的灯，像土拨鼠那样钻进一堆书中，摸索了许久。怎么样，林老，要不要我上来帮你找？我站在底下问。不麻烦的，不麻烦的。林先生的声音像是从一个幽深的洞穴里传出的。找到书之后，他随即关掉小隔层的灯，仿佛生怕人家多看一眼就会发现里面藏着的宝贝。那个神秘的小隔层里面究竟藏有多少册珍本古籍，别人是不会知道的。

这位林先生，就是老林的父亲林漱石。

说起林先生，陶庵的常客都能讲上几个有趣的掌故。林先生跟人见面从来不打招呼，这跟他的视力有关。林先生的耳朵倒是不背，他可以听声辨形——不远处有人的声音飘过来，他大致知道对方是谁。据我所知，林先生晚年只能看到捧在手中的书，远一点的物事，他都看得不太分明。

林先生，这幅字怎么样？有人把一幅挂轴递过来。

林先生就把这幅字拉到鼻子底下，摘掉眼镜看了一遍，戴上眼镜又看了一遍。

怎么样？

林先生没说好，也没说不好，只是说看不清。拿挂轴的人一听就明白了。

林先生说，年轻时，两眼有神，看得长远；年纪大了，目光收回来，看看眼前的东西就可以了；再不济，就往自己的内里看。

怎样往内里看？

你到了我这年纪就晓得了。

林先生说话常留半句。

林先生最后一次来陶庵也是在雨天。那天他刚从中医院出来，经过陶庵，就条件反射般地进了店堂。他放下雨伞，取出化验单，让我边上的一位青年医生看看，说有些雨伞是朝上的，有些雨伞是朝下的，看来是出了些问题。

青年医生就化验单上那些朝上或朝下的箭头做了分析，也说了一些纯属安慰的话。

老喽，林先生说，雨伞朝上的朝上，朝下的朝下，都乱了套喽。

然后他就从谈话的圈子里退了出来，坐到一边的藤椅上，继续翻他的书。

一群人在谈天，林先生放下手中的书，闭目坐着。陶主问，林老，要不要去那边小房间的躺椅上休息一会儿？

不用，林先生说，我想听你们聊天。我的眼睛已经看不清什么东西了，但我的耳朵很灵的。如果我想听人聊天，耳朵就能放大他们说话的声音，缩小外面的雨声；如果我不想听什么，就放大外面的雨声，缩小别人说话的声音。

林先生又缩回到藤椅上，微闭着眼睛，不晓得是在听别人聊天，还是听外面的雨声。

老林，这是你的孙子？

是啊，下半年就要上小学了。

眼睛真好看，你瞧，眨巴眨巴的，像是会说话。

耳朵也会说话呢。

老林总是不厌其烦地夸孙子聪明。他说聪明的孩子有异相。异相在哪儿？耳朵。于是，后来者也跟前面的人一样，把目光就聚集在孩子的耳朵上，夸赞他果真有聪明相。小男孩很淡然地站着，继续接受大人的夸赞。清澈的眼睛两边是红润的、近乎透明的耳朵，仿佛微风中轻轻颤动的两片叶子。看得出来，孩子有点好动。身体即便静着，眼睛、耳朵、嘴巴、鼻子，乃至眉毛，都一直在动。

老林指着孙子说，我在他这么大的时候，老爷子就常常带我去县城图书馆。

说到这里，他照例是要怀个旧。

上世纪五十年代末，老林还是小林，只有六七岁光景，父亲就带着他去县城的图书馆看书读报。他们是坐船去的。清晨时分，船从白塔码头出发，途经金炉、蒋家桥、王家店、西仁宕、东仁宕、上池、文昌阁汇、吕岙、苏岙、上米叴、界叴、万山堂、宋湖，抵南门桥，登岸。这一路上，林先生会给小林讲一些当地的传说，后来也讲盘古、女娲、诸葛亮、关云长、岳飞、刘伯温等神和历史名人的故事。

小林问父亲，你为什么喜欢读书，读书有什么用？林先生总是这样回答：读书无用。这就让小林有些糊涂了。人人都说读书有用，为什么父亲独独说无用？既然无用，他为什么老是看书？林先生没有跟儿子做深入的解释，却拿河里面的鱼做了个比喻。他说，那些河里面的鱼，游来游去，无忧无虑，它们哪里念过什么书，不读书，岂不是更快活？这话不像是说给儿子听，而是说给自己听的。

林先生在图书馆读书的时候，小林就跑到附近的竹林或屠宰场里玩。小林不喜欢读书，说得更具体一点，是小林不喜欢书上那些字，密密麻麻像虫子一样的字。

如今，小林变成了老林，字还是那些字，依旧没有让他欢喜起来。

远处是雨雾，近处是雨点。锌皮屋檐传来滴答声。老林的孙子在用脚步丈量着地板砖。看得出来，地板砖是新铺的，表面光洁无垢，颜色浅淡而宁谧。他经过反复丈量，得出的结果是，从书店的这一头到那一头总共有五十七个方块。

下午三点，陶庵里的闲客就多了起来。"三老"之后，还有所谓的"七子"。他们时常泡在书店里,不是买书或读书,而是聊天喝茶,直把书店作茶楼。这个小圈子曾为"七子"究竟是指哪七位发生过争论,他们扳着指头一数,发现里头远远不止七人,于是又分出了"前七子"与"后七子"。本人算是"前七子"之一,但凡有外地客人过来玩,总是少不了请他们到这里坐坐。

去哪里?

陶庵。

陶庵是什么地方?

一家旧书店。

远不远?

走路过去,也就一盏茶的工夫。

信徒说一炷香的工夫,俗人说一顿饭的工夫,雅人就说一盏茶的工夫。这不,我们坐在陶庵里,自然就是雅人了。

陶庵的二楼辟有一间聊天室,又称"聊斋"。在聊斋里面,有吃烟念头的,可以吃烟;不吃烟的话,可以吃茶。茶水是免费的,花生、瓜子之类的茶点也是免费的。很多人在聊斋一坐,就是一个下午。到了打烊时分(深夜十时许),陶主会把这一天的流水账记下来,配上各种图片,在微信公众号里推送。

下午有几人到中医院这边排队,顺便来陶庵坐坐。也有的，原本是想来陶庵坐坐，顺便去对面排个队。这里头的公务员到了陶庵，总是先要跟主人打声招呼，千万别把他们下午过来聊天的事写进日记。陶主点头称好。

我们都是无聊的人。无聊的人和无聊的人在一起就有得聊了。我们就聊一些无聊的人和无聊的话题。这世上就有很多无聊的人，干了一些无聊的事。比如，有个意大利人，发现一根干意面无论怎么折，都无法折成两段，而是若干段，后来，一位不务正业的物理学家花了几十年的时间才发现其中的奥秘。还有一个人，也真够无聊，骑着自行车，忽然想弄清楚自行车是如何保持平衡的，结果这个问题跟地球为何运行一样令人费解。这些人要是跟我们在一起，也是有得聊的。今天下午，我们就从昨天下午在建设西路十字路口发生的两车相撞事故，聊到十万年前的一场火山爆发、四十亿年后银河系与仙女座星系发生的碰撞，这些事跟我们没有一毛钱的关系，但我们依然聊得津津有味。

窗外的沙沙声，仿佛是时间走动的声音。

对面大街上两条长龙已并作一条，依旧是安安静静的。这种天气，除了排队，很少有人会出来走动。下雨就是这一天里最为急迫的事。

因为无聊，很多人都在伞下低着头，玩着手机。一个肥胖的小男孩手里牵着一个红色的气球。雨是雾状的，仿佛也是因为充气后膨胀开来的。气球向上飘动，小男孩也做出向上飘动的手势。他那么重，气球那么轻，可我仍然担心他会突然飘飞起来。这年头，什么怪事都能发生。

老林从一个书柜移到了另一个书柜，这本书摸摸，那本书摸摸，仿佛摸摸书也能过瘾；有时还会掏出纸巾，擦掉书上的灰尘或污渍。当他坐到书柜一隅，戴上老花镜、手捧一本书的时候，我感觉林老先生又回到了我们中间。那一瞬间，老林抬起目光，看到了我，他说，你给我，啊不，我爹画的那幅肖像现在还挂在我家的客厅。

我看着老林和他眼睛里两点浑浊的亮光，有了一种恍惚感。

去年四月，老城区封控一月有余，方得解封。我从画室里掇了一张小椅子，放在门口的雨篷下，边上立着一块牌子：免费为过路行人画速写。老林就是那个时候过来的。先生，他问，能否给我爹画个肖像？我环顾四周问，林老先生在哪儿？走了。他说。林老先生走了？我不禁感叹了一声。是啊，过了年没几天就走了，他也感叹了一声，大疫年，出殡的时候，连一张遗像都没找到，就这样草草送走了。我说，没有照片我怎么给他画肖像？老林想了想说，这样吧，我坐在这儿，你就照着我的模样画。他们都说，我的面相像爹，你只消把我画得清瘦一些、苍老一些就行了。对，还要文气一些。

我答应了老林的要求，打算用炭笔给他，不，给林老先生画一幅素描。

我画的时候，就跟老林聊了起来。我们聊的是林老先生。

算命先生说我爹命里是带贵气的，可他这一生，非但没有大富大贵过，还遭遇了几桩不明不白的冤案。他的老同学有的都当上了正部级干部、厅局级干部，他呢，连我们一家四个兄弟姊妹的工作分配都使不上劲。大哥在乡下务农，二姐耳聋，嫁给一个没出息的哑巴，阿妹在街头大榕树下摆摊做裁缝，我呢，就在屠宰场杀猪。杀猪好歹有肉吃。

我当年给你们拍过全家福的，你们兄弟姊妹四人四个样，看不出哪点跟你爹像。

我杀猪杀了那么多年，身上只有杀气，哪里还有什么遗传的贵气。这么说吧，我在屠宰场杀过的猪跟我爹读过的书一样多。你看我这只手，现在即便没拿杀猪刀，手上还有一丝杀气。你看看，这青筋，我孙子说它们跟铁丝一样。

一个人有没有杀过猪，未必看得出来，但一个人读没读过书，是可以看得出来的。

是啊是啊，现在回想起来，老爷子身上的确是带贵气的。这一身贵气，都是从书中来的。抗战的时候，他躲到寺庙里读书；后来在成都念大学，时常是泡泡茶馆读读书；回老家，跟人合开了一家书店，直到亏本为止；再后来，即便家里的书都抄走了，他还能到图书馆继续看书。我娘在世时就说了，但凡手头还能捧着一本书，再糟糕的日子他都能忍受。老爷子走的那一天，枕边放着一本新买的书，里面还有折过的痕迹。留在他眼里的最后一样东西，恐怕就是书里那几个字了。

像林老这样的读书人现在是很少见了，他好像在哪里说过，自己就是为读几本好书而生的，也是为了再读几本好书而活着。他这一辈子读了那么多书，也该知足了。

我小时候不晓得老爷子为何要坐船去县城的图书馆看书。后来才晓得，那里有一部分藏书是从我们家抄去的。再后来，那些藏书突然就没了，据说是分流到其他县市或省城图书馆了。八十年代初期，老爷子曾在旧书摊上见过自己的一部分藏书。那个痛啊，像是看见自家的孩子插着草标站在马路上出卖。图书馆迁移到新城之后，他索性就不去泡图书馆了。还好，老城区还有一座陶庵，能让他有书可看，有地方可坐，有话可聊。

老林跟我东拉西扯的时候，我正在考虑如何用细腻的笔触化去画面上那种生硬的东西。

老林说，他从肉联厂出来之后，第一件事就是把手中的杀猪刀扔进河里。他希望这世上少一把刀，少一头命丧刀下的猪。老林还说，他杀了一辈子猪，现在一点儿都不喜欢吃猪肉，倒是喜欢吃牛肉。老林好吃。他每周都要坐着公交车去老家的阿鼎牛肉面馆吃一碗牛肉面。上世纪六七十年代，他在阿鼎的父亲开设的那家国营面馆吃过面，八十年代初，他又成了阿鼎牛肉面馆的常客。现如今他住在县城里，如果坐公交车去阿鼎牛肉面馆，要经过万山堂站、峡门站、湖横站、松鹤楼站、七厂站……老林计算过，总共十一个站点，比当年走水路便捷多了。

有一回，老林说，我一个人坐着吃面的时候忽然想到，自己打老远坐车来吃牛肉面，跟老爷子当年坐船去县城图书馆看书其实是一回事。

他说这话时，整个人端端正正地坐着，双手放在膝盖上，目光落在手上。

他发呆的样子，的确有点像林老先生。不过，出于职业敏感，我很快就判断出父子俩脸部肌肉构成的差异：老林脸部肌肉取的是横势，且呈微微隆起的块状向两边扩展，而林老先生的脸部肌肉是向下垂坠的，表面匀净，脱去了火气。那一瞬间，我被什么触动了一下，返身从画室里取来一本书，放在老林手上。老林的嘴角一扯，露出了一丝略显僵硬的笑容。我说，你可以想象自己就是林老先生。老林很自觉地收起笑容，脸上的线条渐渐变得柔和起来——果然，手上多一本书，他的气质就变得不一样了。原本跟老林的脸重叠在一起的那张脸，褪去了记忆的阴影，从我脑子里慢慢浮现出来。我一边画着，一边跟他继续聊天。

在陶庵，我时常看见林老先生翻完旧书后，用酒精擦拭一下双手。

是的，严格地说，这不是什么洁癖，而是跟他学生时代在图书馆里感染了肺结核病毒有关。

你这么一说我就明白了，他后来似乎只有碰书之后才会用酒精擦拭一下手。

我是个粗人，老林说，我这双手更是碰不得书。

这话又怎么讲？

聊到书，他顺便讲述了一桩怪事。父亲去世后，他几乎每天都在整理那些书。他不喜欢看书，但喜欢翻书。他翻书的时候，往事历历在目。有时翻着翻着书里面会掉出一张旧纸币，一封信札，一些邮票、船票或别的什么票证，他意识到，这些书里面可能夹着一些值钱的东西。那阵子，他很少去老人亭跟那帮老家伙搓那种一元一台的麻将，因为他在牌桌上总是输。关键不在牌技，而是手气。他们说，老林老输的原因是这阵子接触了太多的书。他们还说，老林家里的书都快发霉了。

倒霉的事一桩接一桩来了。封城一个多月之后,老林儿子的那家火锅店就再也没开张了;半年后,儿子因为卷入一桩非法融资案,一套刚买的商品房被银行查封,儿媳妇咬咬牙丢下孩子离开县城,回娘家去了;到了年关,各路债主前来堵门打砸,儿子见势头不妙,赶紧躲起来,有几个债主还找到了老林,说子债父还,也是天经地义。总之,这两年,老林接连摊上了几件很不顺心的事。有一回深夜,儿子不知从哪儿偷偷溜回来,向老林借钱。老林断然拒绝。儿子瞄了一眼屋子里堆积如山的书问,这些东西是否可以送给我?老林说,书还能当饭吃?!儿子说,书不能当饭吃,卖了就能当饭吃。老林一气,就住进了医院。出院后,已是入梅季节,老林也不顾身体状况,继续整理那些受潮的旧书。傍晚时分,一个戴红袖章的大妈敲开了林家的房门。门虚掩着,老林挡在门口。她把头往里探了一下,抽了抽鼻子。老林问,屋子里有什么问题?戴红袖章的大妈说,我闻到了一股煤气味。老林说,是旧书的霉味。老大妈掩着鼻子走开之后,老林就决定把屋子里堆积的书处理掉。所谓"处理",就是把书卖给陶庵。

说到这里,老林又长叹了一声。

活到这个岁数,我就慢慢理解老爷子这个人了。他在世的时候,我很少跟他说话,也很少跟人谈论他,但他去世之后,我却很想跟别人,尤其是像你这样跟他有交情的人聊聊他。

毕竟是父子嘛。

啊,画好了吗?

画好了。

老林拍了拍肩膀,像是刚刚理完了头发。他站起来,端详着眼前的肖像。

能不能借个地方跟你说几句体己话?老林把我拉到一个小房间说,你也知道我家的境况吧,我儿子不争气,偷偷卖掉了老爷子留下的那些书画。我手头还有一些名家信札,往后交给这败家子,早晚也是要当白菜价卖掉的,因此,我就想在有生之年,把这些信札整理出来,分批处理掉,好歹也给孙子积攒点念书的钱。你是识货的,有空到我家看看,我是相信你的。他这样说着,就从一个皮包里抖抖索索地掏出几封已经泛黄的信札,我翻了一下,都是写给林先生的,有朱镜宙的、南怀瑾的、陈正祥的、倪悟真的。老林说,这些人,我一个也不认识,里面说什么,我也是一概不懂,不过,我晓得,这些人应该都是有名望的人。

小男孩走过来,推了推爷爷,问什么时候回家。老林说,等雨势小一点我们就回家。小男孩撇了撇嘴,走到一扇玻璃长窗边，继续点数着玻璃上滑落的雨滴。斜对面中医院门口已无人排队。只有雨满大街走动。

"陶庵七子"们仍在闲聊，似乎很留恋这里的氛围。他们聊的全是未来生活的话题：人工智能、星链、虫洞旅行、暗物质……聊得最多的还是移民火星的话题。有人问陶主，未来有没有打算把陶庵开到火星上。陶主说，火星如果免税收、免房租，倒是可以考虑。

窗外的雨也没有停歇的意思，就像一个人在光线昏暗的角隅向谁诉苦，却没有人愿意倾听，只好低下头来对自己说些什么。天色又暗了一层。一些人出门，一些人进来，一些灰尘落在书上，一些暗物质穿过我们的脑袋，一切如同往常。老林依旧坐在书柜前，似看非看地翻着一些书，而他的孙子在一边玩着手机里的游戏。他的小脑袋一啄一啄的。

书柜上有一排史书，是老林卖给陶庵的，有旧书，也有新书。老林指着书脊上的书名，略显吃力地念着：《史记》《后汉书》《资治通鉴》《国史大纲》《中国古代服饰研究》《唐代长安与西域文明》《地中海与菲利普二世时代的地中海世界》《伯罗奔尼撒战争史》《希罗多德历史》《希腊史》《罗马史》《俄国革命史》《人类简史》……

小男孩的耳朵动了一下，又动了一下。

去佛罗伦萨晒太阳

老范坐着电动三轮车把儿子送到青少年宫培训中心门口,儿子一个箭步蹿了出去,直奔那扇银灰色的偏门,连个挥手的动作都没有。老范手里捏着儿子吃剩的半块三明治和空奶瓶,嘀咕了一句,哪像个学堂细儿,越来越没规矩了!扫码付过车费,他就更换了一条路线,沿着老运河的河堤慢悠悠地往回走。上午天气晴好,对老范来说,太阳底下散步,也是冬日的一桩乐事。这条路原本不叫运河路,但老城区一带的居民不喜欢那个难记的路名,还是管它叫运河路。与之连片的是一些高低错落的出租屋,到处散发着破敝、暗旧的气息。旧城改造之后,运河两岸也算有了改观,绿化带和石板路迫不及待地铺展过去,沿途种满了木芙蓉,红红白白,穿插在绿树间。几只鸟仿佛在争食散碎的阳光,偶或发出数声啼鸣,也同树隙漏下的斑点一样,洒落地上。他走过一排临河的老房子，在一株木芙蓉下忽然停住，回过头来。日光是温软的，贴在墙上，墙也变得温软了。墙上有一道影子，是直不笼统立着的。细看，原来是一个贴墙而立的人。一个女人，穿一身黑衣，长得有点像谁，他一时间想不起来。这一带经常会出现一些这样的女人，老范一点儿都不觉着奇怪。可是，这个女人竟让他心底里突然兜起了一种异样的，但又说不出来的感受。老范还要赶回家去办一点事，也没细究。

正是周末时节，老范给一位同事（也是工作上的老搭档）老麻打了一个电话，问他下午是否有空，去七宝院那边的茶馆喝茶。老麻说，你近来老是泡茶馆，看来不光是喝喝茶、讲几句闲白文这么简单……老麻没有往下说，只是"呵呵"两声。

老范是一名按部就班的公务员，下了班，通常没有别的去处，业余爱好就是钓鱼，属于自得其乐的那种。他很少参加同事或朋友的饭局，即便赴宴，也不喝酒。只是近来，生活的内容有了点变化。有时他会喝点茶，与朋友二三，在茶馆里。他喜欢的不是茶，而是那种氛围：有茶，有可以聊的话题，重要的是，那里有一个会弹琴的女人。提起那个琴人，老范多少还会怦然心动。国庆节后，老范的一位同事调到市里面工作，履新之前，请大家来七宝院边上的茶楼喝茶,老范也在其中。那个琴人跟他的同事相熟,当晚受邀来到这间贵宾包厢,给大家抚琴一曲。弹的是什么曲子,老范也不记得。但那一晚,老范喝茶喝出了醉意。几根弦,泠泠然,老范在清浅的凉意里似乎体味到了琴人的孤冷。之后,老范每逢周末,都会去那家茶馆。喝茶仍在其次。每个周末下午,琴人会来茶楼弹两三曲。而老范在一周忙碌的工作之后,难得卸下一身的疲倦与烦愁,坐到茶馆里,做一个春风般慵懒的人。老范听琴,也看手。那双手抚过琴弦,有如白鹭掠过水面,而他倒像是坐在岸边观鸟。那时节,心里头绷紧的琴弦被琴人的手指轻轻一抚,一下子就松掉了。后来有一阵子,琴人都没有如期过来。有人传言,那个琴人跟一个老板走了。又说,那个老板早在半年前就隔三岔五到这家茶馆喝茶。每次喝茶,他都要请那位琴人到自己的包厢里抚一曲。又说,那个老板很有钱的,可以买下几十座这样的茶楼。但老范不相信,依旧觉着那个琴人还会回来。心里存个念想,也就有了喝茶的理由。

女琴人是走了,真的走了,但他还在怀想那些听琴的日子。对他来说,在内心黯淡的时刻,琴声就是空房间里点着的一盏灯。长久的虚空之后突然获得的盈满,虽然短暂,却很受用。这一回来了一个男琴人,厚发,长脸,蓄八字胡,当然是着唐装的。老范就在那里喝他的茶,听琴倒在其次。

他听琴的时候还在想那个女琴人。她虽然端坐着，低眉信手，不动声色，但一切声色都已在琴弦中暗藏了。因此，他觉着，她是一个善于等待的人。这样想时，心里痉挛般地掠过一丝苦涩。

喝完茶，太阳偏西，他就坐着电动三轮车去青少年宫培训中心接儿子。儿子等他的时候买了一桶爆米花和一瓶可乐。老范撇了撇嘴说，老是吃膨化食品、喝碳酸饮料，小心有一天变成一个胖子。儿子突然站住，大声说，我不想走了。

我们一起去广场路那边吃饭。

我不想吃。

当儿子说"不"的时候，这个字里面仿佛有一根坚硬的骨头冷不丁蹦了出来。是一根反骨。

我在淘宝上给你买了一只鳄龟。

我不相信。

老范掏出了手机，给他看。儿子的倔脾气总算稍稍平伏下来。老范花了点时间，也让自己的情绪稳了稳。对儿子，他一直心存愧疚，总想把自己过去亏欠他的补偿回来。越是这样，儿子就越发骄横，老范拿他简直没一点法子。

孩子也不怎么痴皮，只是脾气有些古怪。妻子当年气不过，通常会来一句"阿弥陀佛，前世的债"。当然，"还债"是两个人的事，老范想逃避也逃避不了，单为这事，妻子跟他没少吵过架，有好几回他们还险些大打出手。后来，老范索性跟妻子约法三章：儿子早晚由他接送，作业由她督导。老范在单位里从事文书工作，但有时候会充当"工具人"的角色，什么事都要干一点，一天下来，身心俱疲，到了傍晚，把孩子从校外辅导中心接回家后，就把身子往沙发上一摞，打开电脑，先追剧，后吃饭。妻子让他干点家务活，他就推说自己脑壳疼。逼急了，他索性拿起手机进厕所，称自己犯有便秘，而如厕这种事是不能催的。老范跟妻子有言在先，弄脏手指头的事他不会干，比如洗菜、洗碗、洗衣，这些事老范统统不干。有一回，妻子跟一个闺蜜打电话时，闺蜜向她推荐一款情趣用品，妻子说，老范这人不解风情，"弄脏手指头的事他都不会干"。坐在一旁的老范很生气，之后整整一个月都没跟妻子同过床。早先时候睡前要喝点氨茶碱之类的，以免妻子抱怨他鼾声太响，分床之后，他一个人睡在一张客房的大床上，也不管什么鼾声震天了。分床两个月后，一直被人视为模范夫妻的老范与范太太突然离了婚。内情如何，外人不得而知。邻里只知道老范净身出户，孩子就跟妈妈。因此，人们疑心是老范这边出了问题。

不承想，一件意外的事改变了一切。六一儿童节那天，前妻给儿子买了一个篮球，儿子在人行道上一路拍打，一不小心，篮球从手里滑脱，滚到马路上。前妻从两辆停泊路边的面包车之间穿过，正待弯腰捡球时，一辆卡车飞奔过来，把她拖出十余米远。如果她能在两车之间稍稍停留两秒钟，也许就能躲过这一劫了。老范前来认领尸体时反复说的就是这句话。她走了，房子与孩子仍归老范。

老范还是睡从前睡过的那张床。他跟人提起已故的前妻，还是说我老婆如何，我老婆如何。老范没什么变化，但儿子失去了妈妈之后，性格有了明显的变化。他不再碰篮球，以及别的圆状物，平常出入，也跟老范一样，有意避开那条曾经被血迹划过的马路。

到了晚上九点，老范就会端着一杯牛奶，提醒儿子该睡了。今晚也不例外。他推开门，进了儿子的房间，迎面撞见的就是妻子的遗像。你昨晚又在睡梦中讲火星语了，老范说，你讲完之后就大哭，是不是梦见妈妈了？儿子说，我睡着之后什么都不知道，你说的，我不相信。儿子总是说自己不相信，老范感觉他在本质上跟自己平常打过交道的那些上访者一样。这大概就是人们常说的"塔西佗陷阱"吧。为什么你总是不相信我？老范说，我可以对着你妈发誓，我说的句句属实。儿子回过头来，瞄了一眼墙上的妈妈，低下了头。老范曾就儿子经常做噩梦、说梦话一事咨询过一位心理医生，医生分析认为：做噩梦跟应激事件导致的精神创伤有很大关系;说梦话跟梦境倒是没什么关系,而是睡眠中语言中枢兴奋所致。心理医生建议小范把妈妈的遗像取下,藏在平常看不到的地方,但好说歹说小范都不愿意听从。有几回,老范把妻子的照片偷偷藏到柜子里,儿子居然凭借嗅觉就能找到它。老范拗不过,只好随他的意愿。让他深感不解的是,当他从儿子的神情、举止间偶尔捕捉到妻子的形象时,照片里面的人仿佛也有了相应的表情变化。此刻,妻子的目光里就含着那么一点威严,正透过一片灯光投射过来。老范想说什么,又忍住了。

我警告你,儿子正色说,你以后不许把妈妈的照片取下来,藏在我看不见的地方。

儿子说这话时,老范能感觉到有一个球的阴影在他与儿子之间滚动。

为什么我就不能让老婆的遗照挂在儿子的房间?老范责问自己,我是不是有点嫉妒死者?他接着又不无悲哀地想,如果我死了,儿子是断然不会有这样一种执念的。这个世界,让老范敬畏的,除了头顶的星空和心中的道德法则,还有就是墙上的遗像。这样也好,儿子跟他顶嘴,他想吼几句的时候,若是抬头碰到妻子的目光,怒气就会消于无形。

老范把手放在儿子的肩膀上说,爸爸对不起你。儿子转过身去,还是不理会。那一瞬间的沉默,如同一记惊雷,狠狠地砸在他们中间。老范的目光越过儿子的头顶，默默地注视着妻子的眼睛。那两颗眼乌珠子仿佛动了一下。他心中一凛，竟想起今天上午那个靠墙站立的女人。那个女人虽然是活生生的，却像个影子，而妻子的遗照越看越像个活人。

有一阵子，老范下班回来，总是要绕一段弯路，沿着运河路走回家。他不知道自己最近为什么会拣这条石板路走。也许只是出于一种惯性。作为一名左手惯性使用者，他很容易被双腿的惯性所左右。有时候，双腿会把脑袋拐带到一个它们要去的地方。有时候，脑袋想喝止双腿前行，双腿的惯性却一如既往。他每逢周末去茶馆喝茶、听琴，也许只是听命于舌头与耳朵的惯性，周日下午去河边钓鱼，也是听从手与眼的惯性。老范是一个对单调的重复并不怎么反感的人。

冬日的阳光在墙上微微波动。那个女人站在曾经站过的地方——她没有像其他的女人那样站在暗处，而是站在一片不多不少的阳光里——脸上没有笑容，也不见愁容。准确地说，她几乎没有什么表情。也许，没有表情就是她此刻的表情。老范心底里也十分好奇：为什么她总是喜欢站在有光的地方？是不是她的身体里有一股极为阴冷的东西需要吸收大量的阳光才能融化？

有时候，老范还会在她身边看到一个六七岁模样的小女孩。通常，小女孩坐在一张小桌子旁，埋着头涂涂画画。桌子旁边摆着盆葱，阳光一照，碧绿得近乎透明。偶尔见路人经过或是一道阴影落在她身上，她也会抬起头看，眼睛清澈，会让人想到黎明时分的小河，天刚刚亮，市声还没传过来，青石板不起灰尘，水面不起波澜，一切都还是安安静静的样子。

转眼已是冬至，河边的木芙蓉早已是花叶凋零，只剩下冷而且白的树枝挑着几片卷曲的黄叶和几枚零星球果。天黑之后，老范再次经过运河路。路口唯一一家支着红色塑料帐篷的大排档里只有寥寥几个食客，一缕白烟从炉子里飘出来，也带着荒寒的味道。桌底下的一条黄狗跑到一个醉汉扶树解手处，嗅了嗅，又转回来。再走一段小路，他就看到了那个依旧倚墙立着的女人，路灯投下泛黄的光晕，被身后的白墙映衬着，勾勒出一个单薄的轮廓，若是从远处看，她就像是另一个人的影子。她站的是弄口的内侧，如果朝里张望一眼，便可看到一条巷弄，曲折而幽深，仿佛可以一直延伸到久远的年代。老范走到"影子"边上，驻足瞥了一眼。她掀开眼皮，回望了一眼，眼睛里藏着一种冰冷的炽热，脸上还挂着一股与倦意混同的淡漠。四望无人，他掏出两张（也许是三张）百元钞票，塞到她手里，随即掉头走开，仿佛一个情窦初开的少年给一个心仪已久的女生递纸条。他走了几步，听到身后那个女人喊了一声"先生"。老范没回头，只是装作急务在身的样子，加快步伐朝家的方向走去。走到九曲桥边，他才放缓脚步。

老范觉着，这个女人不会卷入他的生活，但她也许会在某个时刻改变他对女人的看法。之后一阵子，老范都没有去运河路一带散步。他与她素昧平生，给她塞一点钱，只是寻常的授受，没有掺杂什么不纯的动机。他害怕的是，有一天经过那里，那个女人还会认出他，客客气气地跟他道一声谢。

当最后一缕阳光连同树影从旧城改造指挥部的一堵白墙上消失之后，老范就想，不久的将来，那个女人和她的孩子也会从那条运河路消失。

老范在旧城改造指挥部工作，每天面对的一件事就是拆迁。老范并没有觉着拆迁是一件坏事，当然，也不是什么好事，但可以肯定是一件很麻烦的事。再过一年半载，旧城改造二期工程一旦启动，运河两岸的老房子就将全部消失，因此，那个女人（包括她的孩子）的消失也是意料之中的事。但河流还是河流，它会一直在那里，一直在动。眼下，它是一副半死不活的模样。淤泥堆积、垃圾漂浮的河床如同医院的病床，散发着一股刺鼻的气味。河道污染这个烂摊子不归他们单位管。他也懒得去理会。他庆幸的是,他垂钓的那条河流还没有铺上水泥。

想到钓鱼,老范心底里还是多少要犯嘀咕。上周,有几名拆迁户想进京上访,中途被人截访,这事就交给旧城改造指挥部去处理。因此,老范和老麻都被临时抽调到拆迁办协同处理这事,连双休日都要搭进去。周日下午,他原本要去野外钓鱼的,这事横插进来,他总觉着自己有一桩事没完成。

晚上加班回来,他有些坐立不安,躺在床上看了一会儿书,心神还是归不到一处。他又下了床,从客厅搬来钓箱,放在桌子上,取出钓鱼小配件和饵料,长节竿就固定在箱子的炮台架上,一直伸到窗外。摆放停当,他就退回到床上,盘腿坐着,目光直视窗外的黑暗。卧室里有了这么一根钓竿,想象也就有了一条抛物线:飘窗一下子推远了,代之以湖山,还有白云往返……这么坐着,心神就慢慢静定下来。直至深夜,他依旧保持着垂钓的姿势——不是睡不着,而是忘了睡觉。待他抬头看闹钟,指针已指向凌晨一点三刻,他赶紧收起钓具。想到"睡觉"二字,他倒头就睡了。

隔阵他又去了河边。寒潮来袭,电线杆都冻成了枯树,在冷风中战栗。天色微微有些暗下来,几只黑鸟贴着屋顶上的黑瓦飞来飞去，一如破碎的黑布，随意抹过晚空。他经过那条熟悉的巷弄时，瞥见了一条黑影。先生，等等。那个女人低声喊道。老范停住。女人问，如果我没有看走眼，那天塞给我两百元的人就是您吧。老范没回答，但心里暗忖，这个女人平日里虽然靠在墙上，目光散漫，其实早已在暗中打量过自己。他看了看四周，把手放在口袋里，好像故意要跟她保持一定的距离，目光里带着彬彬有礼的冷淡。女人继续说，我常常看见您打这儿走过，唔，您大概也常常看见我站在这儿吧。看得出来，您是个正经人，我不敢没羞没臊地跟您打招呼。那天您把钱塞到我手里，我很纳闷，我从来没碰过这样的事。先生，我知道您可怜我，您是个好人。可我除了身体，没什么东西可以报答。不不，我的身体那么脏，您见了都会嫌弃呢。我说这话的意思是，唔，我不晓得怎么说了，总之，我要谢谢您。一阵冷风吹来，老范打了个寒颤。你饿吗？不饿。她说。冷吗？他又问。冷倒是有点冷，她搓着手说，先生，您要进去喝杯茶吗？老范迟疑了一晌，装作看手表的样子说，时间也不早了，听说今晚会降温，有雨夹雪。她点点头说，谢谢提醒，您真的不进来坐坐？老范想说的是，这种事又不是请客吃饭，实在不必客气的。但他还是很有礼貌地回了一句，不坐了，下回吧。老范转身想走的时候，听到女人再次发问：先生，您真的不需要？老范低声说,不需要,谢谢。说这话的口吻就像是回复一名柜台营业员。不需要,不需要。老范一边走,一边这样对自己说。雨跟在他后头,说下就下了,一滴雨先是落在他的脑袋上,然后是额头、双颊,乃至整个身体。风吹过,一大片雨弥漫开来,落入河流,以及河滨那一片草地。反正离家不远,老范也不把连衣帽戴在头上,只是一径地从树底下穿过。走到家门口时,雨就大起来了。然后他就听到了一阵密集的沙沙声,抬头看,雨中已夹杂着雪霰子,响成了一片。

洗漱毕,他在床上平躺着,竟没有一点睡意。人到中年,肚皮内堆积的脂肪多了,里面凝结的老厚油垢般的想法也就多了。越是想尽快入睡,脑子越是清醒,他索性披衣起身,点了烟,默立窗口。烟雾从烟头飘开的一瞬间,他能感受到一团寒气正从眼前的屋顶陡然立起。没有雪花扑至窗口,只有飞虫般的雪霰子敲打着玻璃,发出叮叮咚咚的声响。到了深夜,雪霰子也消散了。到处都是高楼的地方风呼呼地吹着,让人感觉那些黑暗中的楼群仿佛是一些光秃秃的山;几盏醒着的灯,犹如磷火。一个影子再一次从他脑子里晃过。他把脸贴近窗口,贴近无边的黑暗,为那个影子虚构了一个大雪纷飞的夜晚。

大雪还是没有如期而至,翌日天就放晴了。恰逢周日下午,老范照例带上钓箱,独自开车来到郊外。钓鱼的地方在城西角隅。那里有一片田野、一片杂木林,周末时节,偶尔会有人至此,垂钓、野餐、游荡。

一座土庙近旁有一条小河,没有名字;河畔有几棵树,是柳树,披散着头发。有风吹拂,树像是要走动。树下横泊着一条小船,有篷。若是雨天,可以隐隐听得雨打船篷的声音。船与岸,总是保持着一种若即若离的关系。人也是如此。老范觉着,彼此之间保持适当的距离也许就是一种礼貌。曾有一回,他走到河边,把系在木桩上的绳索解开,船却不动。他伸手推了一下船头,船身在水面微微起伏一下,船头稍稍偏离一下之后,又依偎到岸边了。老范想,这船要么是听主人使唤的,要么是停泊太久,舍不得离岸了。

他把钓箱、钓竿等搬到船上,取出饵盘、钓桶,在炮台架上固定好钓竿,就在船头盘腿坐下。跟那些上了年纪的人一样,他一坐到太阳底下就会发呆。但发呆也是一件美好的事情。钓钩在水中沉坠着,他的心神也随之沉静下来。鱼上不上钩,都不重要,冬天的阳光那么好,还有什么可着急的?

不知过了多久,有个小女孩跑过来,弯着腰,望着船头钓桶里的鱼。后头跟上一个女人,提醒她,当心点,别往岸边靠。老范转过头,瞥了一眼那个女人,手中的钓竿微微抖了一下。女人也看了他一眼，仿佛在问，先生，你还认得我吗？老范点了点头，似乎只是出于一种礼貌的回应。小女孩带着好奇将身子往前探，那双清亮的眼睛如同阳光里的两滴水。老范把钓竿放一边，起身，伸出手问，想下来看看吗？小女孩抬头望着妈妈，女人点了点头，跟她一道上了船。

有一束来自记忆的光突然打在这个女人的手上。他把她牵过来的一瞬间，很想再摸摸她的手。那一闪念，如暖风拂过。手是伸出去了，停在半空，身子还僵在那里。一阵风吹来，欲念没了。心思干净得像刚晒过的衣裳。

她长得不算漂亮，脸上有一片疏淡的雀斑，却也生得白净。尤其是那双手，白得可见幽蓝的静脉，十指纤细、修长，以致老范都暗暗替她怜惜：这么好看的手，为什么不去学琴？

看够了吗？那个女人轻声催问。小女孩子抓住妈妈的手，很不情愿地上了岸。女人向老范点了点头，就走开了。人与人之间，有时候只需要一个不经意的点头。老范想。

这阵子，组长又派给老范一个任务，在某小区监视一名上访者。这名上访者曾多次试图进京上访，这一次是在苏州火车站附近的一家苏帮菜馆被截获。上访者是个好吃的胖子，他连一块带姑苏风味的南乳酱肉都没吃上就被人连夜遣返。组长即刻托熟人给上访者递话：特殊时期，一是不能上网乱说，二是不能外出乱跑。只要他接受禁足禁言的约定，他们可以保证在十天之内给他管吃管喝。上访者住在城西城乡接合部的一个小区，那里有一个很洋气的名字：佛罗伦萨花园。早些年，老范和妻子开车经过这里，妻子曾指着一幢幢刚建成的楼房对他说，这就是她小时候寄养过的村子。车轮碾过的地方从前是一片草地，她曾跟随外祖母背着竹篓到此薅过猪笼草。老范把头伸到窗外，瞥了一眼，那些钢筋水泥里已闻不到一点青草的气味。

上午七点，老范把外勤公务车开到小区B幢楼下一个隐蔽的位置，躲在车里。上访者住的是老式的二间独栋联建房，这一排住户都设有一梯一门，门是透明水晶卷帘门，有人出入都能了然。上访者的身体特征也明显，那就是胖。凡是胖子出入这扇大门，他都分外小心。每隔两个小时，老范得向微信群里的组长汇报情况。有时他会举起手机，从各个角度对着那户人家的窗口、小区的草木拍几张，然后坐在车上一张张翻看，顺便删除一些过往的冗余照片。翻到几个月前的图库时，他瞥见了一张在河边随手拍下的照片。他拍的主景是木芙蓉，却把那个倚墙站着的女人拍了进去。远远看去，开花吐艳的木芙蓉犹如平地里迸散的烟火，静静地燃烧着，衬得那个女人的神情益发落寞；在她头顶上方，有一根枯枝从墙头横斜过来，也很虚淡，像一缕泛黄的光线。

阳光从楼房的缝隙间斜斜地照过来，照亮了几个朝南的窗户，那里的窗台上晾晒着被子、衣裳和腊肉什么的。于是他想，照亮这一切的阳光也会照亮别处，比如河边那堵老墙、墙下站着的女人——她的目光也许正被一缕光线牵引着，朝向某个虚幻的影子。光线在楼群间移动的时候，某个虚幻的影子也在他的脑子里移动。他感觉上午的时光显得无比漫长。除了低头看手机，"佛罗伦萨"是没有风景可看的。

中午时分，同事老麻过来换班。老麻说，出来煴一支吧。所谓"煴一支"是本地方言，也就是点一支烟的意思。老范从车里探出头来，虚着眼，看了看天空，吸一口气，跟老麻走到僻静的角落，各自点燃一支烟。老麻说，楼上那个大胖子，我不仅认识，而且跟我还是二表的关系。老范问，什么二表？老麻说，是我表哥的一位表婶的弟弟。早些年他还跟我喝过一回酒，现在却成了我们监控的对象。要是在这儿打了照面，也不晓得他是否会认出我来。老麻长长地吐了一口烟说，偷偷摸摸地待在这儿，都成什么人了，难道这就是我们常说的职业道德？老麻聊到"职业道德"这个词的时候，老范立马觉着"职业道德"就像一个影子，正踩在自己的脚下。老麻指着一个穿着蓝色羽绒服的外卖小哥说，喏，这就是我们指定的外卖。老范说，我在这里饿得肚子咕咕叫,他倒好,每天坐在家里,有人给他送吃送喝的。老麻补充了一句,每天餐标一百五十元。老范说,难怪他这么胖,我见过上面给他录制的一个视频,我很担心,他要是穿过一道道防线去北京上访,走到半路估计就已经累瘫了。他这样描述胖子时,似乎也连带贬损了他作为上访者的形象。

监控期间,老范都会在特定时间给组长发一条汇报信息,而组长则通过语音以一种委以重任的口吻回他一句:盯牢。整整一周,胖子从未错过一日三餐,当然,也从未出门半步。老范坐在车里,活动幅度极小,无异于禁足,只能看来看去,想一些心事。有时把一个很大的问题往深里想,他就会恍惚一下,感觉自己就这么活着,很是荒唐。不想了,他对后视镜中的自己说,还是放老实点儿。

他换了个坐姿,又玩起了手机。儿子忽然从学校打来电话问,你在哪里?妻子去世后,儿子还没有喊过他一声"爸爸"。这次也不例外。但他第一次主动给打他电话,老范心里还是有几分欣慰。

老范望着门口一块底下还带有英文花体字的果绿色牌子说,我在佛罗伦萨。

我不信,你怎么会跑到那么远的地方去?

我在城郊一个叫佛罗伦萨的小区。你有什么事?

我想通了,信你一次,放了寒假继续学钢琴。

想通了就好，这个周末我带你去一家新琴馆报名。你把指甲修干净一点。

儿子当年学钢琴，是妻子的主意。妻子说，儿子的手指那么修长、白净，不学钢琴可惜。也就是说，他们仅仅是因为这双手像弹钢琴的手而让他学钢琴。事实上，儿子心底里一点儿都不想碰琴键。妻子去世后，儿子就没再动念学琴。老范跟他谈过几回，也拿他妈妈当年说过的话说给他听，但孩子一如既往地执拗，不听就是不听。这回他突然又想学琴，在老范看来，是一件不可思议的事。

打完电话，老范打开车窗，长长地吁了一口气。今天是楼上那个胖子的最后一天禁足期。饭点到了，外卖还没到，胖子像按捺不住似的从楼上下来，隔着一扇巨大的水晶卷帘门向外张望。阳光在朝南屋前铺开来，胖子懒洋洋地挥动双臂，像是要穿过水晶卷帘，游到外面去。这让老范想起那条郊外的河流，以及河里的胖头鱼。不过，胖子看起来倒更像是在鱼缸里的鱼。

老范听老麻说，组长已经托一个熟人跟胖子谈好条件，只要他往后不闹，该喝的酒还可以喝，该吃的肉还可以吃。而胖子也像认了怂，禁足期内曾放话说，现在国家掌握了一种卫星遥控脉冲辐射技术，他是无论如何都不敢出来的。胖子说，我要是出来，人家坐在电脑前调整一下脉冲频率，就能给我来一下辐射伤害，就一下，对，就那么一下我就玩完了。胖子又说，我现在还有什么不知足的？有人给我管吃管喝的，我就把他们当镬灶佛看；有人给我看门护院，我就把他们当伽蓝爷看。往后的日子要是都这么过，我还有什么可抱怨的？饶是他这么说，组长还是不放心。他在"盯牢"二字后面连加了三个感叹号，收到指令的人自然不敢轻忽。不到最后一刻，他们是不会撤离岗位的。

禁足期结束，胖子安然未动，组长很满意。不出几天，工作组成员就拿到了一笔奖励金。老范没数信封里的钱，拿来就揣进口袋。午后，他又绕了个弯来到运河路。那一面墙前不见人影，只有麻雀二三，点缀枯枝，寒光闪烁的锌皮在风中发出一阵哐啷声。小女孩穿着一身厚实的连帽羽绒服，正坐在太阳底下，一边晒暖，一边在一块磁性画板上涂抹着什么。他弯下腰，轻声问，还认识我吗？小女孩摇了摇头，清圆乌黑的眼睛里带着几分疑惑。老范问，你妈妈呢？小女孩站起来，走到巷口，指着东西向一排溜楼屋平屋畚斗屋，努努嘴说，妈妈跟一个叔叔在屋子里。老范不知道小女孩指的是哪一间屋，但里头的破败景况可想而知。他把一个信封放在她手上说，等一会儿把这东西交你妈妈。小女孩点了点头。

从腊月廿四开始,老城区一带的居民们就在八仙桌上摆放鸡鸭、猪头、糕饼之类的祭品,开始做"谢年"的祭祀,直至腊月廿八这一天结束。到了小月廿九,县里领导带着媒体记者来到老城区慰问孤寡老人,对着镜头说了一些嘘寒问暖的话,发了几个红包就离场了。接着便由旧城改造指挥部的主管带着老范他们,挨家挨户分送红包。他们对那些坐在门口晒太阳的老人说,新区一栋栋簇新的高楼已经在那里等你们了,你们要在这里过好最后一个欢乐祥和的新年。老人们收了红包,也没有说什么犯忌的话,果然是一派祥和。钉子户们果然也没有闹。

慰问活动结束之后,老范顺道去了一趟"佛罗伦萨"。他来之前,小区是平静的;他离开之后,小区依旧平静。他沿着一条绿化带往前行,也不像之前那样躲躲藏藏。走到一半,就看见那个胖子从小花园底角转出来,穿着绛紫色睡衣,趿着一双棉拖鞋,髵着头发,怔怔地站在那里。老范装作不熟,低头从他身边经过。胖子突然发问,你又来做什么?上头不是已经打电话告诉我,我的禁足期已经结束了?老范说,我只是来这里晒晒太阳。胖子问,这里的太阳有什么不一样?老范正想说什么时,有人打开车门,银灰色的玻璃的反光折入他的眼睛,显得有几分凌厉。对,老范说,我就是想晒晒太阳。胖子干笑一声,转身走开了。边上那辆小车吐出一小束白烟就开走了,空气里弥漫着一股近乎阴冷的平静。

嗳,明天就是明年了。他听到有人这样感叹。他打开手机,翻开日历,上下划拉几遍。这一天似乎比昨天短了些,这一年似乎又比去年短了些。

他走到了小区的南门。一名上了年纪的妇人走到阳光移开、留下大片阴影的地方,一边收着悬挂在竹桁上的被子,一边发出"今天的阳光可真好啊"的感叹。在西斜的日头尚能晒到的另一侧,几个孩童相互追逐着,细小的灰尘在阳光里微微抖动。他把脑袋靠在一面有阳光的墙上,仰着脸,眯着眼睛。在寂静中,光是可以听见的。光在大地上会发出嗡嗡的声音。他对自己说,这里的阳光跟别处的确不一样。至于究竟哪里不一样,他也说不明白。

莫名其妙地,他竟想起了自己小时候被老师罚站的情形。那一刻,他感觉靠墙站着的人就是童年时期的自己:双肩瘦削,头发茂密乌黑,有几绺湿答答的发丝垂到额前,几乎要遮住那双大而茫然的眼睛;嘴唇抿着,微微有些向下弯曲,仿佛带有那么一点委屈。

赠卫八处士

门敞开着。老冯的脑袋探了进来。他略显迟缓地迎上去。屋小,他那块头显得有些大。

老冯收起雨伞。屋外传来清脆的滴答响,是檐雨。

啊鞋子都湿透了。换上我家的拖鞋吧。

老冯换上了一双人字拖。那双散发着脚气的皮鞋在门角静泊着。

请坐。呃。多久时间没见了?

大概有四五年吧。噢不对,少说也有八九年了。

是啊。她走了都已九年了。

坐吧。椅子还算坚实,我刚刚修的。

还是多年前我坐过的那把椅子呢。

老古董,祖上传下的,破四旧的时候居然没被烧掉,也算本家的古记了。

孩子呢？

在轩间写作业。阿尧，出来见你舅。

阿尧没应声。

噢噢，我忽然想起来了，接了你的电话之后我吩咐他去买酒了。你看我这记性。

你现在还吃酒？

没断过。哪天若是断了吃酒的念头离死也就不远了。

你以前也是这么说的。

这些天家里的酒都被我独自一人干掉了。先吃茶吧。他这样说着就从锡瓶里撮了一把茶叶放进杯子，接着又冲了茶汤。嫩绿的叶片旋舞着立起，展开。他把杯子递到了老冯跟前。这是我半个月前带着阿尧从深山里面采摘过来的新茶。清明前的茶，只要存放半月就可以喝了。你是读书人，能品出这茶汤滋味来的。

相对坐着。突然陷入了沉默。雨是清明时节的雨。

老冯环顾一眼四周。屋子说小也不小。灶台边上的空地都被一些旧冰箱旧电视旧电脑之类的物事占据了。八仙桌一侧摆着一个镶金边的玻璃鱼缸，几尾金鱼在狐尾藻间游动。这鱼缸同室内的寒伧陈设摆在一起略显突兀。老冯坐在鱼缸的左手。对面是一堵墙，斑驳的墙皮、几枚裸露的铁钉、蚊子血、虫子的残骸、年画的印痕，墙上还有几道黑色的横线，像是每年给阿尧量身高用的。老冯的目光顺着一条不规则的墙缝往下滑，倚墙堆放着好几沓旧报纸。

你现在也看起报纸来了？

三代不读书，但我家不缺报纸，主要是用来给阿尧练墨字的。

我也纳闷你什么时候看起报纸来了。

早前有个工友见了满地报纸就这么问我：你也识字啊？不识。我说。那你在看什么？他又问。我说我在找有没有认得我的字。

可惜你当年没条件读书。

我不识字，字也不识我，所以我要让阿尧多练墨字。阿尧这孩子长得像娘舅家的人，细脚细手，有白净气，写起字来也有模有样。你是读书人，往后还要向你多请教。

阿尧怎么还没回来？

刚出去不久。我让他去一个老工友家开的小店买酒，没这么快的。

说话间已摆上几样下酒菜，盐煮花生、鱼干、菜根。

下雨天让阿尧出门买酒不应该的。

他打着伞呢。

门外雨落水缸，这算是庭院间最安静的一角了。围绕水缸的地方摆放着几盆花草。一片苔藓因着入春以来下过的几场雨迅速爬上阶沿和墙角。到了梅雨季节青苔就可以像往常那样长到窗台下了，那时节连窗帘都会飘出几分绿意来。几只鸡在门槛外走动，仿佛闻到了陌生人的气息，不敢进。被雨打湿的翅羽使它们显得有几分笨重，有时挤到一起，有时又轰的一下散开。一只母鸡疑是要下蛋，突然变得有些不安，东跳一下，西蹿一下，弄得其他几只鸡也不得安宁。一只公鸡把尖喙伸到布满污泥的羽毛间频频搔着。另一只小鸡蹲在门槛上，眼睛里流露出亦亲亦疏的神色，小喙里时不时地发出微弱的叫唤声。

老冯朝黄绿茶汤吹了一口气，又啜了一口。两块厚镜片蒙上了一层淡薄的雾气。几尾鱼在身旁静默无声地游动。金鱼缸外面的时间和金鱼缸里面的时间是一样的。老冯慢慢地啜着茶，而他慢慢地嚼着花生。花生壳一个接一个地往碟子里扔，看起来像是在大把大把地抛撒时间。吃酒，他说，我向来是吃慢酒。从前不明白村上那些吃酒人为什么手持一只蟹螯可以吃上一个下午。现在我明白了。人嘛，要慢慢地活着，慢慢地老去，这样可以死得更慢一些。你说是不是？

这些年过得还好吧？

换了好几份工作。不变的是穷。

我还是做我的老本行。不过也谈不上什么发财。今天经过隔壁村，从王长贵那里总算讨回了一半欠款。今年清明节他回家扫墓竟被我撞了个正着。

能讨到一半也好。王长贵可是个出了名的老赖。

他家的祖公业和一亩白田都被政府征收了,好歹也拿到了一笔数目可观的赔偿费。除了填补前些年做山货行放猪银亏掉的钱之外,好像还能偿还一部分陈欠。

像王长贵这样的人有钱了还是要败家。

桌上的酒杯微微颤抖了一下。有重吨卡车从门前那条沿河的马路经过。他的喉结也像是受了震动一样微微滚动。他想说什么,但又忍住了。

我这一路过来看到家家户户都写着一个"拆"字。

是啊。说是要让整个村子大拆大改之后并入社区,连村名都不要了。该拆的全都拆,该迁的也都迁。到了晚上这儿就跟墓地一样安静。三百年前我们的祖先迁居这儿大概也是这般荒凉吧。

咦,小港桥头杨府庙前那株榕抱槐哪儿去了?

听说要拆迁,他们就把能值点钱的物事都变卖光了。

你往后要搬哪儿住?

我还不知道要搬哪儿去住呢。第三期拆迁工程还没启动。我就在这儿将就住上一阵子。

先找个窠臼,往后跟我一样找份稳定的工作。这年头活着就好。

我也盼着自己能像你一样干点体面的细活，可人家瞧我这双手就认定我是干粗活的料。我干过所有的粗活。

一个人会不会赚钱并不是靠一双手说了算。

你看看我这双手。啊啊。这双手跟铁打过交道，跟石头打过交道，跟木头打过交道，跟水啊火啊都打过交道，可它就是不能跟人打交道。从小到大我还没跟人握过手，也没人跟我握过手。人们从来没有记住我的脸，但他们可能会记住我的手。多年后他们提起我还会说那个双手很大的家伙。对，你只要说双手很大的家伙整个镇上的人都知道是谁。

他摊开一双手，方而且厚的一双手，掌心布满了老茧与瘢痕。他的脸没有一点表情，但他的手是有表情的。它好像要说什么，但又好像不想说什么了。手指继而收拢，握成两块石头，抵住桌板，不动。没有桌板的托举，这两块石头仿佛就会顺应地心引力垂直落下去，直接砸在平地上。

我没出息。只能指望阿尧了。

阿尧读几年级了？

四年级。

这些年拖老带小日子过得也不容易。

如果阿尧娘还在我就不必这样劳累了。

他的拳头轻捶桌板仿佛一阵沉重的叹息。老冯看着他的拳头，目光下垂。老冯和他都不说话。门外的水缸已盈满，坐屋子里可闻雨水流溢的声响。鸡又走了一只，或许是两只。鸡不归窠无风也雨。这老古话到底是有几分道理。无风时雨是直直落下。每一滴雨仿佛都有些沉重。风起时雨就变成了烟，风是有一阵没一阵地吹，烟雨交织渐渐浓密起来。眼前的山仿佛离岸的船那样推远了。天空下只剩些疏淡的墨痕。

那天也下着雨。我来王长贵家讨债，经过你家。她给我煮了满满一碗三鲜面。她的气色不太好。我问她身体怎样。她只是说人无气力。后来就听说她病倒了。我出远门前又来医院看望过她一次。她的状况比之前更差了。可我没料到她短短四个月后就走了。自己的亲阿妹到头来竟没能送上一程。

她快要走的几天前手里拿着一本你送给她的书。她读得很认真，还在上面勾勾画画。

他说这话的时候目光转向门外帘幕般垂挂的雨。有几只鸡相逐着跑到别处去。另一只鸡刚从雨中归来，扑腾几下翅膀抖落身上的雨水。

老冯用手帕擦了擦眼镜。他大概是觉着没擦干净，朝镜面呵了口气，然后又细细擦了一遍。

你真是斯文人。这年头还带着手帕。

我有点想我的阿妹了。

我仍然记得送葬那天的情景。那年阿尧还不到三周岁。我背着阿尧上山。阿尧不知道棺材里躺的是谁。他只是哼着歌谣。那天满山的杜鹃花都开了，开得真是艳。阿尧看上去有点兴奋。半道上下起了雨。山路湿滑。一前一后两个杠夫抬不动棺材。我上前搭了一手。棺材就像摇篮那样晃动。阿尧在背后没心没肺地唱着歌谣。

小时候我背过阿妹。她很瘦。后来她胖了。再后来她又瘦了。

又一辆负重的卡车从门前经过。卡车仿佛要把整座村庄运往海边推到海里去。几条金鱼依旧在老冯身边默默地游动。老冯的一部分影子映在鱼缸里，看上去他也像是坐在鱼缸里。老冯的神色有些惘然，但转眼间似乎又有些释然。

还是谈点愉快的事吧。

比如？

谈酒。

酒杯有了，酒却还没斟上。

你还像以前那样能喝？

酒量是大不如前了。

喝酒会出汗的人酒量必定大，而你就是这样的人。

天气热的时候我也爱出汗。

他在自己的眼角做了一个抹汗的手势。

还记得吗，阿妹住院那阵子阿尧就住我家。

当然记得。

空闲的当儿我就给他讲述耶稣诞生于马槽的故事，还教他唱过那首贫苦婴孩裹布放槽中的赞美诗。阿尧如果回来了我就把这些说给他听听。

阿尧说自己还记得你家养的那匹马。

是啊是啊。那时我指着一匹大腹便便的母马告诉他母马不久就要生小马驹了。

这事他还真记得。他说他那时不敢肯定，小马驹出生时屋顶上空是否也会升起一颗星星。

小马驹出生那晚我见阿尧跟孩子们就站在马栏外围观，那情景倒真像赞美诗中所唱的。

一群小孩围他如星。是这样唱吧？

是的。你也知道？

阿尧小时候常常哼这首歌。那时我就晓得他是想妈妈了。

嗯。我们谈着谈着怎么又谈到了一些不愉快的回忆？

除了这些还能谈点什么？

阿尧还记得他妈妈的模样吗？

病后的模样他早就忘了。在他脑子里妈妈就是照片中那副气色不错的模样。

这样也好。阿妹走了之后他有没有念叨？

上幼儿园那阵子阿尧问姑姑，为什么爸爸每逢月圆的时候总是呆呆地望着月亮？姑姑对他说，也许月亮上有你爸的亲人。阿尧哭了。阿尧说他妈妈在山里面不在天上。姑姑后来安慰他说，妈妈在月亮里面你每晚还能望得到。若是在山里面，隔了那么多座屋子那么多条河，想去看看也难。这么一说阿尧就不哭了。

说好了不谈这些伤心事。

不。今天不一样。今天不说以后我恐怕不会再跟别的什么人说了。你知道她病到最后是怎样一副情状？

你说说。

之前她每天要疼上几回。这种疼，她说，说不清是哪一处疼，反正全身每一根骨头每一块肌肉都不舒服。吃了止痛药还是不管用。加大剂量医生又不让。她出了一身冷汗后就很虚弱。她每天痛得死去活来的时候就会喊着自己为什么不早点死。没错，她想过自杀，可她连自杀的力气都没有了。

我那时候一点儿都不知道阿妹竟是这般处境。她见了我也从来没吐过苦水。

那时候我已经准备好一把刀。

怎么，你是想帮她下狠手？

不。我是想抢银行。你瞧我这拳头，除了修车做模具，它还能把取款机砸个稀巴烂。你信不信？

你怎么会有这种想法？

我什么法子都想过了。就这法子管用。干或不干全等医生一句话。如果她还能动手术我就去附近一家银行试试运气。但医生后来告诉我，她即使服用美国进口药也维持不了多久了。

啊啊原来是这样。早先你们为什么都没吭声？

那阵子你正吃官司，日子也不好过，再说她也不好意思给娘家人添太多的麻烦。她痛得很厉害的时候就会冲我嚷着你不要管我你不要管我这样的话。但我不忍心看她被病痛折磨致死。我曾向一位老中医求到了一个偏方。这药苦极。不是一般的苦。只要在死前可以减轻一点病痛她什么苦药都愿意吃的。她曾这样对我说过。每天早晚我都要给她煎药，又黑又苦的药。连我的衣裳和头发间都散发着苦药味。此外我每天还要骑车去模具厂上班，走的是一条几乎没人走的小路。三里外就是那家由郑氏宗祠改建的新华模具厂。上班走这条路，下班还是走这条路。这日子没一点盼头。骑车上班的时候只看路右边的风景，下班回来的时候只看左边的风景。左边是一条大江。我每晚经过江边就会对着夕阳吼上几声，然后回家，能不说话就不说话。

想必阿妹生了病之后脾气也不太好。

毕竟是影不离灯地做了几年夫妻，我怎么忍心扔下她不管？她很难受。真的很难受。你刚才说得没错，最后她让我用帆布袋套住她的头把她活活给闷死。

屋子里灰暗的光线和低沉的声音让老冯颤抖了一下。老冯用怀疑的目光看着他。这里的空气仿佛骤然少了些许。

当然，我没有这么做。

我想你也下不了这狠手。

结果她还是提前结束了自己的生命。那天傍晚我把煎好的汤药搁床头。她说今天元气恢复了一些。我见她脸上微微显露出一层红光也着实高兴了一下。她说她突然想吃小时候吃过的瓯柑，于是我就去了村口的小卖店。我回来的时候她的脖子就套在一圈绷带里，绷带系在床柱子上，她的身体垂挂地上。我扶起她时她鼻孔间还有一丝出气。她看着我，目光比往常要平静。

看样子她是决意要死的。

她断气的时候脑袋垂挂在我怀里，像一只拧掉了脖子的鸡。他站起来做了一个拧掉脖子的手势。

你这话真够刻薄的。

我的话刻薄？我只是看到门口那只鸡顺嘴说了一句。

门外有了响动。风吹过来，一缕白烟也跟着飘了进来。

是阿尧回来了？

不是。

到门口抽支烟吧。

现在只剩下一公一母两只鸡在檐下避雨。雨偶尔会随风溯进来。公鸡见了生人霍地起立，耸肩。肉冠大而且鲜红。它叫了一声。他举起大手作势驱赶。公鸡嘎的一声随即飞到另一边去。母鸡张开翅膀像是护卫着什么。它就蹲在那一箩筐新摘的绵草上。他弯腰打量着它那肥重的臀部。母鸡的翅膀收缩了一下，回头，椭圆形的小眼睛怯怯地看着他，眼中流露出来的似是早已沁到心里面去的雨的凉意。咕咕咕。声音含糊。咕咕咕。他低声诅咒了一句。那样子像是把嘴里的脏东西吐掉。这雨落得越来越大了。阿尧别是摔倒了吧？身后响起了老冯的声音。不会的。他都这么大了。他这么说着目光飘向远处。眼前很多东西像是跟他有关的，又像是无关的，蚂蚁般排成队的卡车、雨雾中逐个消融的废墟、在垃圾堆里刨食的流浪狗与散养的鸡鸭。不远处的桥头冒起了一股湿烟。庙没了。化身亭也没了。炉子还在。一个撑着黑伞的老人正在那里烧化金银元宝纸。

老冯抽完一支烟。有什么东西从他眼中飘过。

上午王长贵已把阿尧的事告诉我了。

阿尧只是离家出走。他会回来的。今天是清明节。他一定会回来的。

他出走多少天了？

七天。上一回出走三天。我是在邻镇的一家游戏厅找到他的。

老冯闷闷不乐地回到屋内，坐下，又默默地点了一支烟。

他回到屋子的时候手上握着一枚热乎乎的蛋。他也坐下，试图把蛋立在桌子上。

如果我把这枚蛋立起来阿尧就会回来。你信不信？

我要走了。

也许阿尧今天会回来。

是啊。阿尧很快就会买酒回来，但我等不及了。我要去看看阿妹。

他搓着双手，不知道应该怎样挽留老冯。那一刻门外的母鸡叫了数声，孤单而无助。他的目光落在灶台角隅的一把刀上。

溜圆的檐雨重重地砸进水缸，扑通扑通，满是雨的心跳。

我想现在就动身去看看她。

再等等吧。连王长贵这种败家子都回来了，阿尧也会回来的。

我想以后还是能见到阿尧的。

你大老远跑过来我都没什么好招待的。

老冯夹起了包。他也站了起来。两个空杯子依旧摆出一副相对而坐的模样。那只鸡不知受了什么惊吓突然飞进屋子。一阵沉闷的雷声滚过远山。

他转身抄起灶台上的一把刀。他有一双粗壮的手,这双手适合拿刀或别的什么沉甸甸的东西。

鸡又叫了一声。他对着一缕光线举起了刀。

老冯,且留步。

刀落下。他干了一件看起来十分痛快的事。

我们在守灵室喝下午茶

这年头，跟一些老朋友见面，通常是在婚礼或葬礼的场合。进入中年之后，参加葬礼的次数明显要多于婚礼。这也是一件多少会让人心生唏嘘的事。自从本城实行殡葬改革之后，连家中也不许私设灵堂了，吊唁死者，得跑到城西山弄里面的殡仪馆。很少有人愿意去那个荒僻、阴冷的地方。据说那里闹过鬼，也出了几桩可作谈资的鬼故事。当人们提到"城西山弄"时，这个词仿佛也蒙上了一层阴影。因此，我跟那些老朋友见面的机会也就更少了。大家都要忙着上班，一位亲朋好友或长辈走了，也只是轻轻地叹息一声，或是通过手机隔空向死者家属发送一份唁电。措辞永远跟公文一样，干巴巴的。怎么，明天就要出殡？明天我要去市区办事。明天我要参加一个重要的会议。明天。明天。明天。为什么不是后天？然后，他们转过身去，各忙各的，该上班的还是要上班，该喝的还是要喝两杯。前阵子，我有位同事在下班回家的途中被高空坠物砸中，当场毙命。那时我刚刚到家，接到这个噩耗，我的第一个反应就是走到窗口，颤抖着点上一支烟。窗外的马路上，行人已无，只有几盏路灯，在黑暗中张着茫然的眼睛。一张脸，也跟一盏灯似的，在我脑子里晃过。依稀看见一扇门在风里一开一合，灯光忽明忽暗。

我说的这位同事便是葛老师。他现在就躺在玻璃棺里，我们像参观一件文物那样，透过玻璃看了几眼。一位女同事在我身边叹息了一声，做人真空啊，一场梦似的。我们都说是啊是啊。虽然跟葛老师仅隔一层玻璃，但我感觉他离我们已很遥远。那一刻，我才真正体味到什么是"空"：一个人拉倒之后就送到殡仪馆，冷冷清清地陈放两天两夜，也谈不上居丧尽礼，接着就是一烧了之，骨灰很快会冷却，名字也很快会被人忘却。

暖色调的灯光使周遭的一切看起来并不太凄冷，而况还有低微的谈笑声。我们就在守灵室外面的过道上坐着。一张茶几，两排硬木椅。茶几上摆着一碟瓜子、花生和瓯柑。有人拎着一个热水瓶走过来，给一次性饮用杯续水，烟气和杂谈声缓缓飘散开来。那个躺着的人离我们只有几米远，他身边亮着一盏座头灯，还有一碗冒尖的座头饭，饭上插着一双筷子。眼前的死者跟我记忆中的那位老同事仿佛不是同一个人。这时,老顾也进来了,肩上背着一个双肩包,有点风尘仆仆的模样。他戴着一顶压得有些低、用来遮掩秃顶的帽子,目光越过墨镜上方,瞥了一眼周围散坐的人,双手合十,算是打了个招呼。老顾走到灵堂前,拜了三拜,又循例转了一圈,出来,坐定。老顾说,我刚刚从山里面的茶园赶过来,本想也给老葛捎带一包新茶的,可惜,他已经无福消受这么好的东西了。

于是,我们就谈到了山里面的那座茶园,问老顾,在山里住了多久?老顾说,一周。边上的庞老师说,一个人实现了财务自由之后,最高的境界就是去山里面做一个闲人。老顾说,我不是闲人,我只是一个不忙的人。庞老师说,不忙的人心不亡。像我们,每天都有忙不完的事,看上去我们好像是永远不知道疲倦为何物的人,其实呀,也不知道哪一天,咔嚓一下,身子就折了。老顾连念了两声"否消否消"("否"念"皮",据说是道教的一句咒语)之后,我们也就换了个话题。

老顾原本是教英语的,十多年前辞职做起了外贸生意。这些年除了跟人谈生意经,也谈佛经。得了空闲,他就入山,跟几块石头独处,和鸟谈心。他跟葛老师还有联系,是因为他们都喜欢喝茶。听葛老师说,老顾家中收藏了不少古董茶,价值上亿,他是亲眼见过上等好茶,却是一泡都没喝过。老顾还是那么健谈，从茶味谈到了人生百味，仿佛要把一些深奥的道理都融化在一杯茶里。

我打开一个锡制小茶罐，抓了一小撮茶叶投在纸杯里。有人拎着热水瓶过来，向杯中注水冲泡。茶叶上下翻动，烟气飘拂。

老顾说，粥宜在温州吃，不宜在凉州吃，茶也是。

我笑了，把纸杯递到他跟前说，这是葛老师平常在办公室里喝的茶，你品饮一下。

老顾闻了闻茶香，看了看汤色，嘴唇一抿说，这样的茶只能用来解渴。

你可带了好茶？

车上放了一小罐新茶，我这就去取来，也让你们分享一下。

过了一会儿，老顾就提来一个盒子，打开，里面有一把紫砂壶、五六个淡青色茶杯，还有一小罐新茶。老顾一边洗杯、投茶，一边向我们介绍，这是今年刚出的清明早茶，茶汤泡了四五遍，色香味还是不减。六杯茶沏好，老顾双手交叠，放在略显发福的肚腩上。茶色果然鲜润，香气也醇和。葛老师的灵魂此刻如果恰好飘过，想必也会为之驻足。

可惜，这里的水质不够好，老顾说，茶好，水质也要好，拿自来水冲泡，再好的茶也要减色。

浙南多山，哪里的山泉宜泡茶，老顾也都知道。不过，我们都不算是雅人，对煮水烹茶什么的原本就没什么讲究。有了茶，就有了话题。我们聊的话题，自然跟葛老师有关。葛老师的一生，除了教书，好像也没有多少可说的事。至少在我们看来，他是一个不苟言笑、近于无趣的人。

不过，他唯独让我们记住的却是两次笑。一次是在追悼会上，另一次是在会场里。葛老师的父亲（一位中学语文老师）去世后，葛老师在追悼会上念一篇悼辞时出现了口误：把死者的生卒年念反了。也就是说，葛老先生出生那一年就死了，死后才开始出生。葛老师意识到口误之后，先是脸上一红，后来居然笑了两声。这一笑，有点不合时宜。我们都在背后说，葛老师那一刻是不应该笑的。事实上，葛老师给人的印象就是一副愁眉苦脸，但他竟然在不该笑的场合笑了。还有一次，学校领导在一个会议室里做报告，突然有人发出了笑声。我们循声望去，发现笑声来自葛老师。没有人知道他为什么会发笑。所有的人都把目光落在他身上，想知道答案。主席台上正在讲话的学校领导不得不中断报告，但笑声一直持续下去。会后，他一直板着一张脸，因此我们都没有追问他为何发笑。

我们谈论他的时候，也许他正偷偷发笑。我把脸转向守灵室里面的玻璃棺说。其他几位同事也把目光转向那里。葛老师的遗像就挂在守灵室中央的位置，头像的背景是淡蓝色的，那张脸笼罩着柔和的光线，头发有些灰白，目光平静，像是在凝视镜中的自己，表情似笑非笑，隐约间又有一股寒意渗透到眉梢嘴角——这股寒意也许来自我投以一瞥的瞬间带来的一种错觉。

这么好的人怎么会遭遇这样的横祸？一位初来乍到的美术老师在一边感叹。

是啊，站在她身边的王老师说，如果不是站在这里，亲眼看见他的遗容，我都有些不敢相信。

庞老师说，这种死法的确有些离奇。更离奇的是，在他出事前三个月，曾有一位算命先生（是他的朋友）替他算过命，说他本年有血光之灾。

王老师说，葛老师是教物理的，他是一个唯物主义者，他只相信物理学五大定律，应该不会相信什么宿命。

老顾说，老葛早年跟我讲过葛家先人的故事。他的祖父是一个靠贩卖布匹发家的小地主，平常省吃俭用过日子，积累了一些钱财后，在镇上盖了三间大瓦房，上面住人，下面做店铺，生意越做越大。有一回，他外出跑单帮时，遇见一位算命先生，说他明年下半年会有一个大劫。回来后，他又找到镇上一位算命先生，一算，说的也是同样的话。这下子，他就深信自己在劫难逃了。那时恰好是一九四八年秋，他屈指一算，自己离死期已不远了，哪里还睡得着觉、吃得下饭？在短短半个月内，他几乎变卖了乡下所有的田产和家产，只留下镇上那三间大瓦房给妻儿。在之后的日子里，他开始大吃大喝，大肆挥霍，做一个十足的"茶袋烟臼笼，饭甑酒葫芦"。他有一对祖传的饭碗和茶碗，每天吃饱喝足，就把自己放倒大睡。据说有一夜，鬼进了他的屋子，想拘他，他打了个呼噜，吓得鬼在门口摔了个跤，踉跄逃去。这话当然是编造的，但也可以看得出他当年是怎样的乐天知命。到了土改那阵子，地主的田地被穷人瓜分，人呢，要么坐牢，要么拉出去枪毙，唯独他，因为败了家，躲过了这一劫。他不但活着，还活得挺长寿。更有意思的是，他后来听说那个算命先生快要死了，就跑了过去，站在床前，双手合十说，你虽然没算准我的命，却误打误撞救了我一命，现如今，我对你的感激也算是抵消了早年的愤恨。葛老师跟我讲这故事的用意是，让我别相信那些算命先生的一套鬼话。

葛老师教物理，是一个彻头彻尾的唯物主义者，他只相信物理学五大定律。王老师又把这话重复了一遍。

同事里面，我跟葛老师算是走得较近的，也许是因为我们都教物理的缘故。葛老师二三事，我也很少跟同事们聊起。

人生在世，吃穿二字。但对葛老师来说，吃穿真的不算什么。葛老师一年到头没换过几身衣服。后来听他说，他对穿衣向来不太讲究，同款衣服，他会买四五件，每周轮番穿。平常，葛老师总是骑着自行车去学校。他的自行车不知道更换过多少辆，但我从未见他骑过新车，想必他买的都是二手车。

除了教语文的蔡老师，葛老师很少跟别的同事来往。上完课他就夹着一个公文包匆匆走出校门。有位老师说，葛老师白天住在地球，晚上就回到火星。是的，葛老师就住在遥远的火星。至于他是如何在火星上度过孤寂的长夜，我们自然是不得而知。

"火星人"是老顾给他取的外号。我们背地里也曾这样称呼他。葛老师住在老城区的一条巷弄深处，我和老顾倒是去过一回。为什么去，现在也想不起来了。只记得他住独栋小屋，门很窄，也旧，两边有一副褪色的对联：其人是羲皇以上，所居在廉让之间。他说这副联是自己写的，还跟我开玩笑说，"羲皇以上"的人不是什么高人，而是没有主动跟上时代步伐或是被这个时代抛弃的人；至于"廉让之间"，是无奈的说法，两边人家都起了新屋，把原本归属他家的天井和通道毫不客气地霸占了，只剩他这一栋老房子夹在中间，看上去的确有些"廉让"的意思。

葛老师沏好三杯茶。我们坐下。是粗茶，他说，我家没有什么好茶招待客人，但有两个碗，倒是可以显摆一下。他指着玻璃柜里的两个碗说，大的那个是饭碗，小的那个是茶碗。你可别小瞧那个茶碗，它可是有些年头的黑釉茶碗。老顾，你是识货的，看看这碗。

老顾哦了一声说，我出好茶，你出这茶碗，换不换？

不换，葛老师说，我这两个碗是祖传的，叫子母碗，我祖父常说，这两个碗都不能缺，大的那个管身体，小的那个可以养心。所以，我即使卖掉了家产，也不会卖掉那两个碗。说句难听的话，即使去讨饭，也能用得着它们。

风吹帘动，有一道光斜斜地照射过来。我把那个茶碗小心翼翼地捧在手心，翻转碗口，可见四个红色的篆字：子孙永宝。你瞧，葛老师说，我们的先人当年坐在中堂的椅子上，也仿佛可以看到道坦里站着黑压压一群子孙，所以，"子孙永宝"这四个字跟他们在农具上写什么"农器谱传吾子孙"的字样是没什么区别的。人嘛，都希望自己活得更久一些，也希望自己用过的东西能传得更久一些。

老顾似乎对这茶碗没感兴趣，转过身，背着手，一边看书柜里的书，一边念着书名。老葛对着老顾的背影说，亏你是个搞收藏的，居然不识得这茶碗的价值。

老顾站直了身子，长长地吐了口气说，古玩玩久了，你会觉得是它在玩你，一辈子玩古玩的人一辈子也被古玩玩掉。我见过一位老收藏家，临终前还对自己那一屋子宝贝恋恋不舍，让儿子扶着，说要去再看一眼。那时我就站在他身后，眼见他一只手颤抖着掏出一把钥匙，可那把钥匙在他手上好像有点儿沉，他几次想打开那扇门，都没对准锁孔。后来，他索性收起钥匙，站在门口，一动不动。我不知道他那一刻在想些什么。我至今还记得他两手空空站着的样子和他说过的一句话。

他说了什么？

什么古玩啊，不过是人世间的俗物啊。

老顾这么说时，也做出两手空空的样子。

葛老师随即把茶碗放回玻璃柜，锁上，然后递给我们一支烟。我不吃烟。葛老师和老顾各自点燃一支。葛老师吃烟的样子跟老顾不一样，跟大部分人也不一样，他是用食指和拇指捏着烟，深深地吸了一口，又深深地吸了一口。满脸胡茬的人，抽着烟，总会让人无端地想到"大漠孤烟直"这句话来。

家里人呢？老顾问。

该走的都走了，不该走的也走了。

见过你女儿，梳着两根长长的辫子，很可爱。我补充了一句。

女儿前阵子也跟妈妈走了，葛老师咕哝了一句，她原本是判给我的，但有一天，她开始用仇恨的眼光看着我，还用仇恨的语调跟我说话。我知道，这是她妈妈在暗中教唆的。说实在话，我一点儿都不喜欢孩子。我受不了那种眼神。

孩子毕竟是自己亲生的，怎么说不喜欢？

一个连自己都会厌恶的人，还谈什么"喜欢"二字？

那以后就没有再找一个？

葛老师指着玻璃柜里那个饭碗，你们说，碗筷之外，还有什么是重要的？女人？女人有那么重要？我一个人，清清爽爽的，也可以过好日子。

我们都不说话。心里头还有点火气的人，面对着一杯水，也许可以让自己慢慢地平静下来。

眼见着天色一点点暗下来，我们就起身告别。葛老师把我们送到巷口，我回头的一瞬间，他依然站在那里。一张像是在幽深的门洞里浮现的脸。

那个茶碗，老顾说，的确是个好东西。

吊唁者走掉了一批，又过来一批，大都是我们的同事，唯独老顾，一直在那里静静地坐着，请人喝自己带来的新茶。他喝得鼻尖冒汗，索性脱掉了那顶帽子，露出一颗油光发亮的光头来，那样子，还真有点像寺庙里给施主沏茶的茶头呢。

也不知道是谁，忽然谈到了葛老师身边的女人，随即又压低了声音。于是，这个话题便像是被一股对流风卷起的窗帘，每个人仿佛都能从那掀开的一角窥见什么。一位负责治丧的同事叹息了一声说，直到现在，我还没见到什么女人到灵堂前哭上一两声。听到这话，在座的人也都跟着叹息一声，脸上浮现出一种微淡的哀伤。葛老师死后，我们总希望有个女人（包括他的前妻和女儿）能在这个孤寂的灵堂哭上几声。

他当年离婚后有没有再找一个？王老师问。

好像也没有，我说，也没有看到他跟什么女人来往密切。

庞老师说，他很少跟我们谈论女人，只是有一次，他突然跟我谈到了一个教数学的女老师，说她的手臂是符合审美标准的直角臂，肩颈线也不错。

他说的是三中那个杨老师吧，身材的确不错，王老师顿了一下说，可是，一个像沙丁鱼一样，下颚比上颚突出的女人，我真的无法接受。

庞老师说，葛老师这年纪，能找一个伴，就不错了。用他的话来说，叫靠造化。

我听到这个词，就跟庞老师不约而同地笑了。没错，葛老师有一句口头禅：靠造化。意思就是能凑合就行，听天由命。无论大事、小事，难于决断，他就会说，靠造化。葛老师死了，"靠造化"这个词却留了下来。以后人们即便忘了他的名字，大概也会记住"靠造化"这个词吧。

靠造化。边上的谢老师呵呵地笑了一声，吐掉一片瓜子壳。

葛老师的另一句口头禅是，凡事都有例外。葛老师为人向来处处小心，没想到凡事都有例外。庞老师说。

"例外"这个词变成了一道战栗，从我身上掠过。葛老师死了，同事向我报告这个消息时，我有些震惊，怎么可能？但葛老师的确是死了，他被一个高空坠物砸中，当场就死了。事后送到医院抢救，也不过是为"抢救无效"的说辞提供一种医学依据。

你们知道这份讣告是谁写的吗？庞老师忽然转头指着门口那张讣告问。

没人吭声。

庞老师又接着说，除了时间地点姓名之外，上面写的都是一些无效信息。一个人死了，就变成了几个数字、三五个成语、几句套话，这未免太搞笑了，照这种写法，把葛老师的名字换成张三李四都成。

更糟糕的是，里面居然还有两个错别字。另一位语文老师补充说。

我们都觉得语文老师出于职业习惯，挑点刺也无可厚非。边上一位负责治丧的同事似乎也听到了庞老师吐槽的话，走过来轻声说，讣告是校长亲自拟的，他认为葛老师死于意外事故，警察已介入调查，结果还没出来，因此，在措辞上保守一点总是好的。再说，葛老师的生平事略也确实不太好写。

庞老师说，每个人的一生都会有那么一段高光时刻，哪怕是像葛老师这样一辈子都活得很窝囊的人，也至少有十五分钟的高光时刻。

我们都知道，庞老师所说的"十五分钟的高光时刻"就是微信朋友圈那段刷爆屏的视频：那天午后，一个身形肥胖的学生骑坐在四楼教室的窗台上（显然不是为了探身窗外看看风景），一条腿挂在外面，有随时准备跳下去的冲动。那时候，葛老师就坐在他面前，背对着摄像头。葛老师说了一些安抚的话没见效果之后，就从口袋里掏出一支烟问，你抽吗？学生摇了摇头。葛老师说，你可以试着抽一支，我给你点火。葛老师掏出打火机，试图走近时，学生突然用警惕的目光瞪着他，不许过来。葛老师退后一步说，你遇到什么人生困惑我不清楚，我现在就跟你聊一个重要的话题，一个物理学话题。你听过我的课，应该知道重力加速度吧。你如果坠落，跟一块石头或苹果在坠落过程中的加速度的大小和方向没有什么区别，但，人不是一块石头或苹果，你有自己的父母，还有别的亲人和朋友。你得想想这个问题。话又说回来，你如果在这里弄出砰的一声，不过是再次证明教科书中关于重力加速度的说法是正确无误的。这件事已经有太多的人干过，不需要你来证明了。学生翻了个白眼说，你不必跟我讲这些正确的废话。你知道的，葛老师指着窗外说，重力的施力物体是地球，重力的方向是垂直向下的。但，凡事都有例外，如果此刻有人突然从窗台下面的过道经过，恰好被你砸中，后果是可想而知的。那个中学生听着葛老师的一番话，开始变得有些烦躁不安。好吧，我们不谈这个，葛老师紧接着就讲了一个轻松的话题：一个青年飞行家要挑战低空翼装跳伞世界纪录，他从瑞士的阿尔卑斯山某座高峰往下跳，在空中飞行了三分二十秒。那么，问题来了，你认为这三分二十秒可以用来做什么？他提出这个问题的时候，那个学生竟斜靠在窗台上打起了瞌睡。那一刻，葛老师猛扑过去，把他紧紧箍住从窗台上拖拽下来，其身手之敏捷让人不禁想到一头非洲草原上的豹子。学生获救之后，对话视频很快就在网上疯传。在那个视频里，葛老师自始至终都是背对着摄像头，他后来也一直拒绝露脸接受记者的采访。即便如此，一个默默无闻的中学物理老师还是被人关注、谈论，各种说法也跟着纷纷出笼：有人"透露内部消息"，说那名学生之所以坐在窗台上打起瞌睡来，是因为事前曾吞服过三颗安眠药；也有人认为，葛老师跟他聊物理学知识具有明显的催眠效果（抖音上甚至有人开始学葛老师的口音，借物理学知识说一些足以把人绕晕的话）。对此，葛老师一概不做回应。这件事跟别的网络事件一样，三天过后，也就渐渐平息了。

葛老师也是我的物理老师。他站在讲台上，跟平日里简直判若两人。怎么说，那样子，就像一个真理在握的人。他讲一个物理定律，是一定要把话讲透。明白了？他朝底下扫视了一圈，如果看到还有人瞪着茫然的眼睛，就会再讲一遍，直到嘴角再次积聚粉笔末般的口沫。其结果是，无论懂与不懂，很多人都纷纷打起哈欠来。不过，作为物理课代表，我还是努力摆出一副认真听课的模样。有一堂课上，葛老师在黑板上写下了一个名字：牛顿，随后讲了一个牛顿与苹果的故事。他说，苹果从树上垂直落下，它的运动路线是直线。也就是说，这个苹果如果不受外力影响，就做直线运动（他让手中的粉笔垂直落地）。凡事都有例外，这个苹果如果受到外力影响，那么它就会做曲线运动（另一支粉笔忽然从他手中飞出，在空中划过一道弧线）。我们再做进一步假设：这个苹果有着一定的质量，它只能垂直落下，因为上帝已经决定让这个苹果跟牛顿相遇，即使有一只魔鬼的手把苹果接住，再次向上扔，它还是会直线落下砸中他的脑袋；我们还可以想象，地球拉着月球转，而无形的引力拉着一颗苹果落下来，而且，它必须不偏不倚地落下来，因为上帝已经让一种神秘的引力发生作用。是的，凡事都有例外，如果不是苹果落下来呢？我相信还会有别的什么高空坠物砸中他的脑袋，因为牛顿是上帝选中的人，他要做上帝的代言人说出一些世人无从知晓的秘密。葛老师说到这里，走到讲台，翻开那本物理学书接着说，事实证明，牛顿的手稿里没有提到那颗砸中脑袋的苹果，但那个苹果或类似苹果的东西早在他的想象中，带着重力的概念一次又一次落下来。

我不记得葛老师在那堂课上丢了多少颗粉笔头，但他那个挥手的动作一直让我难忘。没想到的是，自己多年来调了几所学校，最后竟然还跟葛老师成了同事。有时我经过教室门口，看到葛老师在上课，总会把头转过去多看两眼。十五岁的我仿佛就坐在三十多岁的我跟前，我们之间仅隔着一张课桌的距离。我曾经跟葛老师谈起早年听过的那堂课，他又饶有兴致地跟我谈起自己对万有引力的看法。我们从一个苹果谈到牛顿，从一架起重机谈到了阿基米德。有了万有引力，葛老师张开双手说，万物才会相互吸引，形成一个天体系统。要我说啊，我们从前是师生关系，现在是同事关系，能走到一起，难道跟万有引力就没有关系？在他看来，这世上的事无不应物理学五大定律。

有关葛老师，不乏一些可聊的话题，但我们坐到一起，谈论的还是他那"十五分钟的高光时刻"。

可怜的葛老师，庞老师面朝遗像，耸了耸肩说，没有在学校里被那个胖学生砸中，却被半路上的一个花盆砸死。

灾难也是一件上天的礼物，不管你愿不愿意接受，都有可能落在你头上，老顾说，一个倒霉的人，不是被花盆砸中，就是被砖头砸中。不是死在这一扇窗口之下，就是死在那一扇窗口之下。

庞老师说，老顾这番话让我忽然想起一件可怕的事来：上个月，我的车停在小区里面，那里有一堵立面墙体，有人正在顶楼的位置修补什么。我回来之后，发现车顶玻璃被一个水泥桶砸碎了。

你的命真够大。

是啊，可我那时一门心思想的就是理赔的事。我找到了房主，房主反倒说我的车辆停放区域没有划置停车位，是自找的。我不服气，就找交警，交警做了处理，房主好说歹说，后来赔了一部分维修费和贴膜费。现在回想起来，我都有些后怕了。如果那一刻，我恰好站在停车的位置，那么水泥桶砸中的，可能就是我的脑袋了。

庞老师说完这话，再次耸耸肩，干笑了一声，似乎要用嘴角浮起的一缕微笑平衡一下那个高空坠物。

午后三点,我去医院给葛老师补办了一份死亡医学证明书回来,看见老顾依旧在跟几位媒体记者和老同事坐而论道(茶道?生意经?),两片嘴唇一张一翕,舌头底下仿佛安装了一台微型的灌满了初始能量的永动机。显然,眼前已换了一茬人,老顾一边说话,一边给人沏茶,坐得住的,可以听他长谈,坐不住的,可以欠身辞别。老顾见了我,又如同初见般地跟我打起招呼来,然后又谈起打坐、佛学、茶道什么的(语调里还带着一股微显倦怠的兴奋)。我是教物理的,对这些全然外行,但出于礼貌,我还是附和着说了几句。下午的时光淡然流逝。及至四点过后,老顾看了看手表,面带一丝焦虑。我问,你还在这里等谁?见身边没有什么人,老顾才把头伸过来,拢着嘴低声说,不瞒你说,我这回过来,跟老葛的女儿事先打过招呼,要买下他家那两个祖传的子母碗。我问,他女儿愿意出手吗?老顾拍了拍自己的帆布包说,价钱都谈妥了,我这里面装着足够的现金。又问,为什么要带现金?老顾说,看起来有分量,也见诚意。又问,多少成交?老顾伸出两根手指,说出一个双方都满意的价位。

五点左右,我们的前校长来了。帽子下面是一双浑浊的眼睛、虫子般蠕动的嘴唇。他在那具玻璃棺前站定,摘下帽子，露出一丛白发，向葛老师鞠了三躬，然后转身跟我们说，这怎么可能？一周前，蔡老师去世，我们还一道送过葬呢。

是的，边上一位教英语的李老师说，像蔡老师那样，很平静地死在家里的床上，我们还可以接受。

他们说话时，老顾递上了一杯尚冒热气的新茶。

我忽然想起，我跟葛老师最后一次见面也是在老蔡的葬礼上。老蔡跟葛老师年纪相仿，提前一年退休，但他没过多长安闲日子就因为脑溢血送进了医院。

老蔡出殡那天，云白风清，竟有点喜丧的味道。我翻过日历，那一天是宜出行、求谋、嫁娶的。不过，对老蔡来说，那一天是忌出行的。按照本城的习俗，火葬之后，灵车要回家绕一圈。但凡事都有例外。灵车出了"城西山弄"，跟几辆婚车竟在国道的拐角处碰上了，还出现了一桩不大不小的车祸。因为沿途受了耽搁，一位主事就出来宣布：出殡时间至少要延后一小时左右。葛老师和我都等得有些不耐烦了，于是就到对面一位熟人开设的茶楼坐一会儿。我们坐在可以观望街景的窗口，啜着茶，谈到了生老病死，也谈到了中学老师的工资待遇问题，之后自然而然地谈起了同行的轶事，以及他们鲜为人知的癖好。我问，老蔡有什么怪癖？葛老师笑而不答。事实上，我说，老蔡也有怪癖的，比如，吃烟从来都是吃半支，剩下的半支就丢在烟灰缸里。葛老师说，烟吃半支，饭吃半饱，是老蔡的养生之道。这么一说，我就回想起葛老师跟老蔡在办公室里吞烟吐雾的情状。与其说葛老师是喜欢吃烟，不如说是喜欢吐烟圈。一个又一个烟圈，很认真地，从他们口中吐出来，像阿基米德画圆。

隔了半晌，葛老师突然笑了起来。我问，你笑什么？葛老师回头看了看，压低声音说，正如吃烟的习惯一样，老蔡早年跟一个卖水果的寡妇开房，从来不会留宿，到了后半夜，他会提着裤子，悄无声息地溜掉。所以，老蔡对外宣称自己从来没有跟女人发生过一夜情倒是真的。

那么，你有什么癖好？我问。

我的秘密，唯独老蔡一人知道。他说。

老蔡死了，他有些伤感。让他伤感的倒不是老蔡死了，而是这世上再也没有人像老蔡这样静静地听他说心里话。老蔡的出殡仪式推迟了两个多小时，但整个场面也算热闹，大院门口，炮仗与烟花齐鸣，锣鼓喧阗。我们的时代已经过去了，葛老师像是出来谢幕一般向前走了几步，抬头望着天空，那些烟花，若是在夜晚燃放，不知会有多美丽。

图书在版编目（CIP）数据

无雨烧茶 / 东君著. -- 上海：上海文艺出版社,2024.3
ISBN 978-7-5321-8939-7

Ⅰ.①无… Ⅱ.①东… Ⅲ.①短篇小说—小说集—中国—当代
Ⅳ.①I247.7

中国国家版本馆CIP数据核字(2024)第008400号

发 行 人：毕　胜
责任编辑：庞　莹
装帧设计：肖晋兴

书　　名：	无雨烧茶
作　　者：	东　君
出　　版：	上海世纪出版集团　上海文艺出版社
地　　址：	上海市闵行区号景路159弄A座2楼　201101
发　　行：	上海文艺出版社发行中心
	上海市闵行区号景路159弄A座2楼206室　201101　www.ewen.co
印　　刷：	上海盛通时代印刷有限公司
开　　本：	1092×889　1/32
印　　张：	7
插　　页：	5
字　　数：	128,000
印　　次：	2024年3月第1版　2024年3月第1次印刷
Ｉ Ｓ Ｂ Ｎ：	978-7-5321-8939-7/I.7042
定　　价：	65.00元
告 读 者：	如发现本书有质量问题请与印刷厂质量科联系　T:021-37910000